KAMPENWAND
VERLAG

ISBN: 978-3986601089

Raiffeisenstr. 4 · D-83377 Vachendorf
www.kampenwand-verlag.de

Versand & Vertrieb durch Nova MD GmbH
www.novamd.de · bestellung@novamd.de · +49 (0) 861 166 17 27

Text: Nele Blohm
Lektorat: Textwerkstatt Anne Paulsen
Korrektorat: SW Korrekturen
Covergestaltung: Nadine Kapp
Covermotiv: Shutterstock ©vertukha, ©Elein K ©Le Panda, ©Evgenia_art_art, ©gowithstock, ©DavideAngelini, ©JevgenijsB, ©ivector, ©Valentina Vectors, ©Marish, ©Melody_a_m, ©bioraven, ©Vector Tradition, ©nubenamo, ©Zolotareva Yuliya
Druck: CUSTOM PRINTING
Wał Miedzeszynski 217, 04-987 Warszawa, Polen

NELE BLOHM

WEIHNACHTSZAUBER AUF FÖHR

Kapitel 1

»Dreimal Glühwein, einen Pharisäer, zweimal heiße Schokolade und ein Pils.«

Während andere ihre Wünsche an den Weihnachtsmann aufschrieben, mit einem guten Buch auf der Couch lagen oder Weihnachtslieder in Endlosschleife hörten, um sich auf die schönste Zeit des Jahres einzustimmen, nahm ich Bestellungen im Akkord auf und verbrachte mehr Zeit in meinem *Föhrliebt,* als mir lieb war.

»Kommt sofort«, rief ich über das laute Stimmengewirr hinweg und ging an einem der Heizstrahler vorbei, die Ole mir vor einigen Wochen besorgt hatte.

Auf Föhr war das Wetter nicht mehr so rosig. Auch wir hatten Anfang Dezember mit Regen, Wind und Stürmen zu kämpfen. Davon blieb nicht mal die friesische Karibik verschont. Aber die Einheimischen und die hartgesottenen Gäste der Insel stellten sich auch gerne bei Temperaturen um den Gefrierpunkt nach draußen an die frische Luft, tranken etwas Warmes und unterhielten sich währenddessen über die vergangene Saison, die bevorstehenden

Weihnachtsfeiertage und die Erwartungen für das kommende Jahr.

Die beiden Aushilfen, die mich in den Sommermonaten tatkräftig unterstützt hatten, waren zu ihren Familien nach Süddeutschland und Berlin zurückgekehrt. Per, der für mich hinter der Theke stand und dem ich soeben die Bestellung überreichte, war mal wieder schrecklich abwesend. Er hatte Liebeskummer. Und das nicht zum ersten Mal.

»Per, machst du mir die Sachen bitte gleich fertig? Per?«

Natürlich hatte ich Verständnis für das Seelenleben meiner Mitarbeiter. Ich konnte sogar sehr gut nachvollziehen, dass Per gerade nicht ganz bei der Sache war. Allerdings hatte der Mann ständig Liebeskummer. Und seit sein letzter Freund ihn von heut auf morgen durch ein jüngeres Exemplar ersetzt hatte, schien Per überhaupt nicht mehr in die Spur zu kommen.

»Hm? Was hast du gesagt?«

»Per, ich brauche heute deine volle Konzentration. Die Leute rennen uns die Bude ein und du bist nicht bei der Sache.«

Pers Lippen bildeten ein unheilverkündendes O.

»Und was ist mit Ole?«, erkundigte er sich.

In den letzten Wochen und Monaten hatte mein Freund uns immer dann im Café *Föhrliebt* unterstützt, wenn Not am Mann war. Allerdings wollte ich seine Hilfsbereitschaft nicht über die Maße strapazieren. Schließlich hatte er in seiner Bäckerei schon genug zu tun.

»Der kann heute leider auch nicht«, behauptete ich.

Pers Blick verdüsterte sich, nachdem er sich im Café umgesehen hatte.

»Wo sind die denn plötzlich alle hergekommen?«

Ich seufzte und versuchte, die Ruhe zu bewahren.

Fritzy und Meike, meine besten Freundinnen, konnte ich leider auch nicht um Hilfe bitten, da sie beide im Museum eingespannt waren. Meike arbeitete dort als Museumspädagogin und Fritzy hielt Workshops zu jedem nur denkbaren Thema. Heute konnte man Weihnachtskarten mit ihr basteln und diese in schönster Handlettering-Schrift verzieren oder mit weihnachtlichen Stempeln schmücken. Erst vor wenigen Tagen hatte sie mir ein paar Exemplare gezeigt. Die Karten waren wirklich etwas Besonderes. Ich hatte vorgeschlagen, dass ich hier im Café gerne welche verkaufen könnte, was Fritzy gut fand.

Noch mehr Arbeit, die ich mir aufhalste. Aber für meine besten Freundinnen tat ich alles. Und genau so konnte ich davon ausgehen, dass auch sie immer für mich da waren.

»Per, wir müssen uns jetzt auf die Arbeit konzentrieren. Samuel hat dich gar nicht verdient, hörst du? Du wirst einen Mann finden, der erkennt, wie wunderbar und wertvoll du bist. Und bis zu diesem Tag solltest du nach vorn schauen und nicht zurück«, bemühte ich mich, ihn aufzubauen.

»Wo bleibt mein Glühwein?«

»Gibt es noch Lebkuchen?«

»Da steht eine Ziege mit roter Nikolausmütze am Adventskranz und frisst ihn auf!«

Letztere Bemerkung schreckte mich augenblicklich auf. Ich ließ Per mit seinen Sorgen allein und suchte händeringend nach dem Tier, das sich offenbar mal wieder in mein Café verirrt hatte.

Leony war Frau Kramers Ziege und lebte für gewöhnlich im Garten gegenüber. Das Tier war von einem Bauern aussortiert worden, da es lahmte. Frau Kramer hatte sich seiner angenommen und ihm sogar einen kleinen Stall gebaut. Doch Leony war eine kluge Ziege und konnte die Tür öffnen – wie auch immer sie das fertigbrachte. Nicht zum ersten Mal hatte sie sich zu mir durchgeschlagen und mein Café besucht.

»Per, rufst du Frau Kramer an? Ich kümmere mich jetzt erst mal um Leony.«

Leider blieb mir nichts anderes übrig, wenn ich nicht wollte, dass die Ziege sich den kompletten Kranz einverleibte.

»Leony! Was machst du denn da?«, ermahnte ich das Tier, das daraufhin prompt vom Kranz abließ und mich schmatzend anstarrte.

Die rote Nikolausmütze auf ihrem Kopf war wirklich zu drollig. Und als nun noch die Klänge von *Rudolph The Red-Nosed Reindeer* von Gene Autry aus der Soundanlage dröhnte, war ich fast so weit, Leony alles zu verzeihen. Die Betonung lag auf *fast*, denn meinen Adventskranz wollte ich der hungrigen Ziege nur ungern überlassen.

»Frau Kramer kommt«, hörte ich Per rufen, während sich eine Schar neuer Gäste ins Café drängte.

Die Kunde, dass es bei mir frisch gebackene Lebkuchen, Plätzchen, Spekulatius-Kuchen, Bratapfel- und Vanillekipferl-Torte gab, hatte sich wie ein Lauffeuer über die ganze Insel verbreitet. Sogar vom Festland waren schon die ersten Gäste gekommen, nur um sich nach einem Strandspaziergang ein Stück Kuchen und ein Heißgetränk zu bestellen und dann wieder zurückzufahren. Verrückt!

Einerseits freute ich mich wahnsinnig, dass mein *Föhrliebt* so gut angenommen wurde. Andererseits war ich mit dem großen Andrang zeitweise ein wenig überfordert. Aushilfen fand man in den Wintermonaten auch nur schwerlich. All meine Bemühungen waren bisher im Sande verlaufen.

»Leony, was machst du nur wieder für Sachen?«, ermahnte Frau Kramer ihre Ziege, legte ihr ein Hundehalsband um und machte daran eine Leine fest.

»Ich hoffe, du hattest keine Unannehmlichkeiten wegen ihr.«

Die alte Frau Kramer klang besorgt. Ihr Mann war schon vor Jahren gestorben, eigene Kinder hatte sie keine. Ihre Schwester lebte mit ihrer Familie in Dänemark. Leony war Frau Kramers einzige Bezugsperson, sofern man es so nennen wollte. Auch wenn es sich nur um eine Ziege handelte, war sie für Frau Kramer sehr wichtig.

»Machen Sie sich keine Sorgen, Frau Kramer. Das Beste wird sein, Sie nehmen Leony gleich mit und schauen, dass sie nicht wieder aus ihrem Stall ausbüxen kann.«

Frau Kramer nickte schuldbewusst.

»Das tut mir so leid. Ich weiß doch, wie viel du immer zu tun hast. Wenn ich könnte, würde ich dir unter die Arme greifen. Aber meine Hände wollen nicht mehr so richtig, ich lasse seit einiger Zeit plötzlich Gegenstände fallen. Und lange stehen kann ich auch nicht gut.«

Bei diesen Worten bekam ich Mitleid mit Frau Kramer. Es musste schrecklich sein, am Ende seines Lebens allein dazustehen und niemanden zu haben, mit dem man sich über das Fernsehprogramm streiten konnte, neben dem man abends einschlief und mit dem man all seine Sorgen und Ängste besprechen konnte.

Ich musste an Ole denken. Wir waren zwar noch nicht allzu lange zusammen, dennoch war ich mir sicher, dass ich mich immer auf ihn verlassen konnte. Er zeigte Verständnis für mich und meine Situation und stand mir stets mit Rat und Tat zur Seite. Manchmal wusste ich selbst nicht so genau, wie ich so einen gutherzigen Mann verdient hatte.

Dabei hatte ich ihn bei unserer ersten Begegnung fast über den Haufen gefahren. Wenn ich so daran dachte, kam es beinahe einem Wunder gleich, dass wir uns ineinander verliebt hatten.

»Es ist ja nichts passiert. Leony sollte sich nur eine andere Spielwiese suchen. Hier ist einfach zu viel los. Und die meisten Menschen haben kein Verständnis dafür, dass eine Ziege in einem Café vorbeischaut. Warum auch immer.«

Ich zwinkerte meiner Nachbarin verschwörerisch zu.

Diese nahm lächelnd ihre Leony bei der Leine und ging mit ihr zum Ausgang.

»Hast du die Bestellungen, Per?«, fragte ich postwendend nach, kaum dass ich dieses Problem gelöst hatte.

»Welche Bestellungen?«

Per wirkte wie in Trance. Es war offenkundig, dass er mit seinen Gedanken woanders war. Ich konnte mir gut vorstellen, wo.

»Per, bitte, reiß dich jetzt zusammen! Ich brauche dich.«

Meine Worte klangen flehentlich und kein bisschen vorwurfsvoll.

Doch Per war das schlechte Gewissen deutlich ins Gesicht geschrieben.

»Vielleicht sollte ich mir eine Auszeit nehmen«, vermeldete er und machte dabei Anstalten, das Handtuch werfen zu wollen.

»Auf gar keinen Fall, Per, du kannst mich nicht im Stich lassen. Ich habe doch nur noch dich. Wenn du jetzt gehst, dann stehe ich allein da. Das kannst du mir nicht antun.«

Per machte große Augen und schien mit sich zu hadern.

»Aber so, wie ich hier herumstehe, bin ich dir auch keine echte Hilfe«, stellte er fest, womit er vollkommen richtiglag.

Allerdings fand ich die Vorstellung, schon bald komplett auf mich allein gestellt zu sein, noch viel schlimmer.

»Könnte ich vielleicht einen Lumumba bekommen?«

Ein junger Mann Mitte zwanzig setzte sich zu Per an den Tresen und lächelte ihn freundlich an. Per erwiderte das Lächeln und schien mich und seine Handtuchwerferei vollkommen vergessen zu haben. Zumindest für den Moment.

Sofort bereitete er das gewünschte Heißgetränk zu und wie durch Zauberei hatte er im Handumdrehen gleich meine Liste abgearbeitet. So wie es aussah, würde Per mir wohl noch einige Zeit erhalten bleiben.

Mit einem »Endlich«, das Erleichterung widerspiegelte und einen Hauch von Vorwurf beinhaltete, wurde ich draußen am Stehtisch erwartet.

»Es tut mir leid! Wir sind heute unterbesetzt«, entschuldigte ich mich, räumte leere Gläser, Tassen, Teller und Besteck auf mein Tablett und eilte mit weiteren Bestellungen zurück ins Café.

Als ich im Sommer das *Föhrliebt* geplant hatte, war ich nicht davon ausgegangen, dass ich als Kellnerin arbeiten würde. In meiner Vorstellung buk ich das Gebäck, die Kuchen und Torten und sorgte dafür, dass sich meine Gäste rundum bei mir wohlfühlten.

Vielleicht würde es mir eines Tages gelingen, genau dort anzukommen, wo ich mich schon nach der Eröffnung gerne gesehen hätte. Aber dieses Wunschdenken brachte mich für den Moment nicht weiter. Ich musste Bestellungen abarbeiten und im Akkord backen, wenn ich nicht riskieren wollte, dass meine Gäste unzufrieden wurden.

Selbstständigkeit auf Föhr hatte eine ganz eigene, tiefere Dimension als Selbstständigkeit in München. Dort hatte ich meine Familie gehabt, die ich jederzeit um einen Gefallen bitten konnte. Außerdem hatte mich ein zuverlässiges Team unterstützt. Hier konnte ich schon froh sein, wenn mir wenigstens Per erhalten blieb.

Als ich die nächste Liste an Per übergeben hatte, war dieser gerade vertieft in ein Gespräch mit dem Gast, der ihm nach langer Zeit endlich mal wieder ein Lächeln ins Gesicht gezaubert hatte. Per bereitete währenddessen Kaffee, Tee und weitere heiße und kalte Getränke zu und wirkte bei alldem hoch konzentriert.

Erleichterung flutete meine Blutbahnen. Der Tag würde wohl doch nicht in einer Katastrophe enden. Mal abgesehen von den Füßen, die mir mittlerweile so wehtaten, dass ich kaum noch stehen konnte. Aber Jammern brachte nichts.

Schließlich war ein eigenes Café auf Föhr mein Traum gewesen, seit ich wusste, dass ich mit Ole auf der Insel leben wollte. Da er die familieneigene Bäckerei eines Tages übernehmen würde, war von vornherein klar, dass wir die Insel nicht verlassen konnten. Und das wollte ich auch gar nicht.

Denn zum Glück hatten meine beiden besten Freundinnen erkannt, wie schön es in der friesischen Karibik war, und lebten ebenfalls auf der Insel. Mit Meike und Fritzy war ein Stück Heimat mit umgezogen.

Während ich so darüber nachdachte, was in den letzten Monaten in meinem Leben passiert war, klingelte das Handy in meiner Hosentasche. Mein privates, wohlgemerkt.

Bevor ich das voll beladene Tablett vom Tresen aufnahm, um meinen Gästen die Köstlichkeiten zu servieren, nahm ich das Gespräch entgegen. Es war Ole.

»Hallo, mein Schatz! Wie geht es dir?«, fragte er postwendend, kaum dass ich das Telefonat angenommen hatte.

Nun war ich es, die wie ein Honigkuchenpferd vor sich hin grinste.

»Danke, es geht mir gut. Es ist einiges zu tun. Wenn ich es nicht besser wüsste, würde ich fast meinen, dass die Menschen nirgends sonst auf Föhr an Kuchen und Gebäck herankommen«, versuchte ich mich in einem Witz.

»Soll ich vorbeikommen? Braucht ihr Hilfe?«

Ich hätte wissen müssen, dass sich Ole wegen meiner flapsigen Worte bemüßigt fühlte, mir im *Föhrliebt* zu helfen. Und das, obwohl er die ganze Nacht in der Backstube gestanden und Brötchen gebacken hatte.

»Nein, nein. Es ist alles bestens. Mach dir mal keine Sorgen um mich und leg dich wieder ins Bett. Du musst doch noch schrecklich müde sein«, erwiderte ich.

Ein Seufzen war in der Leitung zu hören, das ich nicht deuten konnte. Ole sprach nie besonders viel. Er war ein typisches Nordlicht. Groß, blondes Haar, blaue Augen und sehr schweigsam. Daran musste ich mich noch gewöhnen. Denn in meiner Heimat Bayern war man weitaus offener und aufgeschlossener. Zumindest kam es mir rückblickend so vor. Womöglich war diesbezüglich mein Bild schon ein wenig verklärt.

»Dann sehen wir uns später. Ich bin heute übrigens das erste Mal gewhamt worden«, offenbarte er mir und gähnte genüsslich.

»Deshalb läuft bei mir im Café nicht das Radio.«

»Ich würde gerne etwas bestellen.« Ein älterer Herr mit Hut und Regenschirm in der Hand versuchte meine Aufmerksamkeit zu bekommen.

»Ich muss leider weitermachen«, erklärte ich Ole und beendete das Gespräch schließlich, nachdem ich mich von ihm verabschiedet hatte.

Auch diese Bestellung nahm ich entgegen und reichte sie an Per weiter, der noch immer herumwirbelte, als wäre er genau in seinem Element. Gut so! Nun bloß nicht nachlassen.

Während ich Per und unseren Gast an der Theke beim Flirten beobachtete, beschlich mich ein ungutes Gefühl bezüglich Ole und mir. Es war schon eine halbe Ewigkeit her, dass wir ins Kino oder zum Essen gegangen waren. Ständig mussten wir arbeiten. Oft fielen wir abends hundemüde ins Bett. Und dann schliefen wir noch zu unterschiedlichen Zeiten. Beziehung sah definitiv anders aus. Das schlechte Gewissen packte mich mal wieder. Waren wir beide ein glückliches Paar oder fraß uns die Arbeit zunehmend auf?

Und zu allem Überfluss klingelte nun ein Handy in meinem Café und spielte dabei ausgerechnet Whams *Last Christmas*. Zufall? Schicksal?

Kapitel 2

Mit einer Flasche Rotwein unterm Arm näherte ich mich dem roten Kapitänshaus, in dem Meike und Henning wohnten. Die beiden hatten sich bereits als Jugendliche kennen und lieben gelernt, sich dann fünfzehn Jahre aus den Augen verloren und schließlich im Sommer hier auf Föhr in ihrem Garten geheiratet.

Das Haus hatte Hennings Großmutter Käthe gehört. Diese war kurzerhand zu Meikes Großvater ins benachbarte blaue Kapitänshaus gezogen, nachdem die beiden Streithähne sich ihre Liebe eingestanden und nach über fünfzig Jahren endlich zueinandergefunden hatten.

In diesen beiden Häusern hatte die Liebe letztlich jedes Mal gesiegt. Es herrschte eine ganz eigene Atmosphäre hier in der Strandstraße. Aber vielleicht war ich wegen der Weihnachtszeit einfach nur ein wenig rührselig. Das war alles.

Fritzys Rad lehnte bereits am Zaun. Ob sie wohl im Museum Kunst der Westküste noch einen Workshop geben musste oder von zu Hause aus Dunsum gekommen war?

Als feststand, dass sie dauerhaft auf Föhr bleiben wollte, war sie zu Fiete in das rote Klinkersteinhaus mit Blick aufs Meer unweit der Dünen gezogen. Kopfschüttelnd musste ich daran denken, dass Fritzy und Fiete anfangs nicht gerade gut aufeinander zu sprechen waren. Besonders Fritzy war der Überzeugung, dass Fiete sie an den Rand des Wahnsinns treiben wollte. Nun waren sie ein Paar. Und zudem noch ein sehr glückliches.

Ich klingelte an der Tür und zog den Kragen meines Mantels hoch. Es hatte bislang zwar nach wie vor nicht geschneit, aber der Wind pfiff eisig über die Insel, rüttelte an Fensterläden und bog die Äste der Bäume beständig Richtung Osten.

»Leni! Wie schön, dass du da bist.«

Kaum dass Meike mir die Tür geöffnet hatte, nahm sie mich in ihre Arme und zog mich fest an sich.

»Vielen Dank für die Einladung. Ich bin sehr froh, dass es endlich mal geklappt hat. Wir drei haben momentan einfach viel zu viel zu tun.«

Während ich das sagte, ging ich mit Meike in den Flur, zog meine Stiefel, den Mantel sowie Schal und Mütze aus.

»Wenn ich bedenke, dass ich zu Beginn Sorge hatte, ich könnte mir das Leben hier auf Föhr nicht leisten …« Fritzy war zu uns in den Flur gekommen und schüttelte den Kopf. »Heute musste ich zu dem geplanten Workshop noch zwei weitere anbieten, um die große Nachfrage abzudecken – und das im Winter. Ich komme eben erst aus dem Museum.«

Fritzy erging es ähnlich wie mir. Wir waren beide selbstständig und mussten zusehen, dass unser Business nicht nur in den Sommermonaten gut lief. Wenn ich den Worten meiner Freundin so lauschte, stand allerdings nicht zu befürchten, dass sie in absehbarer Zeit nichts mehr zu tun haben würde. Eher das Gegenteil war der Fall.

»Was war das für ein Workshop?«, fragte ich interessiert nach, während wir ins Wohnzimmer gingen.

Auf dem Tisch hatte Meike eine herrliche Auswahl an kalten Tapas bereitgestellt. Schon beim Anblick der köstlichen Speisen lief mir das Wasser im Mund zusammen. Und das nicht nur allein, weil ich endlich mal etwas anderes zu essen bekam als diesen weihnachtlichen Süßkram. Auch mein Magen war hellauf begeistert, schließlich hatte er bereits seit einer halben Ewigkeit nichts mehr zu essen bekommen. Prompt begann er sehnsüchtig zu knurren.

»Setzt euch schon mal hin«, forderte Meike uns auf. »Ich hole noch schnell die Rosmarinkartoffeln, die Datteln und das gegrillte Gemüse.«

Mit einem Lächeln verschwand sie in der Küche, während ich den Wein auf den Tisch stellte.

»Heute konnte man mit mir kleine Weihnachtsgeschenke aus Papier basteln. Origami ist so beliebt wie lange nicht mehr, durfte ich dabei feststellen. Und übermorgen gebe ich einen Makramee-Kurs.«

Bei Fritzys Worten machte ich große Augen.

»Wann hast du das denn gelernt?«, fragte ich ungläubig, da mir momentan gefühlt für alles die Zeit fehlte.

Und wenn ich so hörte, wie viele Kurse Fritzy anbot, dann schien es ihr nicht anders zu ergehen.

Sie lachte.

»Fiete ist gerade auf einer Geschäftsreise auf dem Festland. Er kommt erst zum Wochenende. Ich habe die Zeit genutzt, um mein Repertoire ein wenig auszuweiten. Dankenswerterweise scheinen meine Kunden das toll zu finden. Zumindest sprechen die ausgebuchten Kurse für sich.«

Als Meike die köstlichen Tapas brachte, erfüllte der Duft nach Essen augenblicklich den Raum. Es roch unglaublich würzig und lecker. Am liebsten hätte ich mich sofort darauf gestürzt und ihr die Sachen aus der Hand gerissen. Aber ich wusste, was sich gehörte.

»Das hört sich nach einem vollen Erfolg an«, sagte ich neidlos.

Ich freute mich wahnsinnig darüber, dass Fritzy auf Föhr Fuß gefasst hatte.

»Wo ist eigentlich Henning?«, fragte ich Meike.

Diese winkte ab.

»Der wollte heute Abend mit einer Gruppe Surfer, die im Sommer einen Kurs bei ihm gemacht haben, etwas trinken gehen.«

»Bietet er denn bei diesem Wetter auch Kurse an?«

Allein die Vorstellung jagte mir einen Schauer über den Rücken.

Meike lachte.

»Nein, nein, das wäre sogar Henning etwas zu kalt. Erinnert ihr euch an die Rentner-Truppe, die im Sommer hier war?«

Fritzy und ich nickten.

»Die haben sich entschieden, ein paar Tage Urlaub auf der Insel zu machen und beim Adventssingen dabei zu sein. Das ist wohl über Föhr hinaus weithin bekannt und beliebt. Opa Paul hat mir erzählt, dass da mehrere hundert Menschen auf die Insel kommen werden.«

Bei Meikes Worten machte ich große Augen.

»Wie gut, dass ich in besagtem Chor singe und regelmäßig mit heftigem Lampenfieber zu kämpfen habe«, wandte ich ein und unterdrückte das aufkommende ungute Gefühl in meiner Magengegend.

Stattdessen nahm ich mir ein Stück Weißbrot und tunkte es in Aioli.

»Du singst wie ein Engel. Außerdem bist du ja nicht allein«, merkte Fritzy vollkommen richtig an.

Doch das war kein Grund für mich, weniger aufgeregt zu sein. Ganz im Gegenteil.

Bereits im Schulchor hatte ich so meine Probleme vor unseren Auftritten gehabt. Es war mir nie besonders leichtgefallen, vor Publikum aufzutreten. Manchmal hatte mein Magen so heftig rebelliert, dass ich kaum teilnehmen konnte. Allein der Gedanke daran ließ mich würgen.

»Ich singe wirklich gerne in der Kirche und vor kleineren Gruppen. Das macht mir nichts aus. Aber der Auftritt vor so großem Publikum macht mich schon jetzt nervös. Wenn ich das gewusst hätte, hätte ich Käthe nie zugesagt.«

Hennings Großmutter leitete den Chor in diesem Jahr, nachdem sich die Leiterin, Frau Schröder, mit den Windpocken angesteckt hatte. Eigentlich war allerdings auch sie nur die Vertretung. Herr Krüger, der das Amt zuvor bekleidet hatte, war völlig unerwartet verstorben. Und wiederum seine Vorgängerin, Frau Janssen, war zu ihrer Tochter aufs Festland gezogen.

Das Amt unterlag, wenn man so wollte, heftigen Schwankungen.

»Du kannst Oma Käthe auf gar keinen Fall absagen. Sie hält große Stücke auf dich und meinte schon, dass Frau Eilers durch dich nicht mehr so schief klingt«, redete mir Meike gut zu.

Frau Eilers traf wirklich kaum einen Ton. Dabei sang sie so laut, dass wir anderen unsere liebe Not hatten, um sie weniger dominant wirken zu lassen.

»Ich werde versuchen zu vergessen, dass so viele Menschen kommen«, wandte ich ein.

Keine Ahnung, ob mir das gelingen würde. Aber ich wollte es zumindest probieren. Bis zu unserem Auftritt fanden noch drei Proben statt. Hoffentlich gewöhnte ich mich bis dahin an den Gedanken, vor einer großen Menge von Menschen zu singen.

»Du isst ja gar nichts«, stellte Meike fest.

»Es ist nur …«, hob ich an und schüttelte dann den Kopf.

»Ist etwas mit Ole? Hattet ihr Streit?«, hakte Fritzy nach.

»Das ist es nicht. Wir verstehen uns blendend. Streiten fast überhaupt nicht. Was nicht weiter verwunderlich ist, da wir uns kaum sehen. Entweder ist er in der Backstube oder ich bin im Café. Wenn das so weitergeht, dann leben wir nur noch nebeneinanderher.«

Dieses Thema war der absolute Stimmungskiller. Das war mir klar, aber ich redete mir trotzdem den Kummer von der Seele, denn wir drei konnten uns immer alles sagen.

»Im Sommer, wenn Henning seine vielen Surf-Kurse hat, sehe ich ihn auch kaum. Das ist wirklich nicht einfach für eine Beziehung. Aber wir machen uns dann die wenigen Momente, die wir miteinander haben, besonders schön.«

Meike und Henning waren der Grund, warum Fritzy und ich heute ebenfalls auf Föhr lebten. Bei den beiden lief es gut. Sie waren mein großes Vorbild. Auch wenn Ole und ich uns nicht bereits seit Jahrzehnten kannten.

»Ich brauche ein wenig mehr Unterstützung im *Föhrliebt*. Aber in den Wintermonaten ist es echt schwer, verlässliche Aushilfen zu finden«, wandte ich ein.

Fritzy nickte.

»Das kann ich mir sehr gut vorstellen. Im Museumscafé ist es dasselbe. Ich kann im Moment nur Teegebäck zu meinen Workshops anbieten. Und Kaffee aus dem Automaten. Aber der ist grausig.«

Meike nickte heftig.

»Finger weg vom Automatenkaffee im Museum. Der schmeckt wie das braune Zeug, das man im Wasserbecher im Kunstunterricht hatte, wenn man zuvor die ganze Wasserfarbenpalette ausgenutzt und den Pinsel darin gesäubert hatte.«

Fritzy und ich lachten.

»Sag bloß, du hast das Zeug jemals probiert?«, fragte Fritzy mit gekräuselter Nase.

»Das war doch nur eine Metapher«, erklärte Meike und nahm sich dabei vom Serranoschinken.

»Aber zurück zu Ole und dir. Was hast du vor, wenn du nicht bald eine Aushilfe findest?«

Dann war guter Rat echt teuer. Denn Ole konnte in der Bäckerei Hansen, die er übernehmen sollte, nicht mal eben kürzertreten. Das würde nicht funktionieren. Außerdem würden seine Eltern es nicht verstehen und mir letztlich die Schuld daran geben. Wenn sich unser gutes Verhältnis aufgrund dessen verschlechtern sollte, war keinem von uns geholfen.

»Ich habe keinen blassen Schimmer«, gab ich ehrlich zu und ließ dabei die Schultern hängen.

»Du könntest noch mal an den Öffnungszeiten des Cafés schrauben. Vielleicht wäre es möglich, etwas früher zu schließen?«

Ich schüttelte den Kopf.

»Grundsätzlich wäre das eine gute Idee, allerdings schläft Ole ab neunzehn Uhr. Perfekt wäre es also, wenn ich am frühen Nachmittag Zeit hätte. Aber momentan ist dann so viel los im Café, dass ich Per nur ungern allein lassen möchte. Es ist wichtig, dass das Café einen guten Ruf hat und die Gäste nicht allzu lange auf ihre Bestellungen warten müssen. Die Wintermonate sind nicht so proper wie die im Sommer und zudem ist das *Föhrliebt* noch recht neu. Es muss sich erst einen Namen machen, um sich auch in der nächsten Saison behaupten zu können.«

Fritzy nickte mir verständnisvoll zu.

»Ich würde aktuell auch lieber weniger machen. Aber die Nachfrage ist vor Weihnachten unglaublich groß. Jeder möchte noch ein schönes Geschenk oder eine persönliche Karte anfertigen. Und keiner weiß, wie die Monate nach Weihnachten werden, bis dann im Mai die ersten

Touristen wieder auf die Insel kommen. Das können vier sehr lange und dunkle Monate werden.«

Fritzy hatte es erfasst.

»Wenn ich euch irgendwie helfen kann, sagt immer gerne Bescheid. Ich bin handwerklich zwar kein so großes Genie wie du, Fritzy, aber als Handlanger wirds wohl reichen. Und Getränke und Süßspeisen servieren sollte ich ebenfalls schaffen, auch wenn ich des Öfteren das Gefühl habe, zwei linke Hände zu haben.«

Meike lachte und hielt die Hände so in die Höhe, dass beide Daumen nach rechts zeigten.

»Das ist wahnsinnig lieb von dir, Meike. Aber ich brauche im Moment eine dauerhafte Lösung. Etwas, worauf ich mich verlassen kann. Und ich will dir nur ungern zumuten, ständig bei mir einspringen zu müssen. Du arbeitest schließlich noch im Museum«, gab ich zu bedenken.

»Ich bin trotzdem immer für euch da, Mädels.«

Bei Meikes Worten wusste ich wieder, warum ich diese beiden so sehr in mein Herz geschlossen hatte. Jede von uns konnte sich blind auf die andere verlassen. Wir waren ein echt gutes Team und immer füreinander da. Es tat einfach gut, mit Meike und Fritzy über meine Probleme reden zu können und verstanden zu werden.

Oftmals hatte ich bei anderen Menschen den Eindruck gehabt, mich rechtfertigen zu müssen, wenn etwas nicht stimmte. Manchmal gaben sie mir sogar das Gefühl, schuld an meiner Situation zu sein.

Bei Meike und Fritzy wusste ich jedoch, dass Stutenbissigkeit und Ellenbogenmentalität etwas war, das sie nicht kannten. Und das war gut so. Genau das machte unsere

Freundschaft aus: Wir konnten uns blind aufeinander verlassen, urteilten nicht über uns und waren immer füreinander da.

»Und du weißt, dass wir dir jederzeit unter die Arme greifen. Oder?«, merkte Fritzy an, während ich ihr nickend beipflichtete.

Als wir mit dem Essen fast fertig waren, rief Fiete an. Fritzy verabschiedete sich für das Gespräch kurz nach draußen an die frische Luft, die mittlerweile Sturmniveau erreicht hatte.

Meike legte eine CD mit Weihnachtsliedern ein. Sie war so ziemlich der letzte Mensch auf Erden, den ich kannte, der noch einen CD-Player besaß. Die meisten Leute hatten inzwischen ihre verschiedenen Playlists und spielten diese je nach Belieben ab. Meike mochte Traditionen. Und als die ersten Klänge von Bing Crosbys *White Christmas* ertönten, war es mir völlig egal, wie diese an mein Ohr kamen. Ich mochte das Lied. Sehr sogar.

Fritzy wirkte niedergeschlagen, als sie zurück ins Haus kam.

»Fiete ist noch eine Woche länger weg.«

»Oh, das tut mir leid!«, sagte ich sofort und legte meinen Arm um ihre Schulter.

»Wie kommt es denn dazu?«, hakte Meike nach.

Fritzy seufzte.

»Offenbar gibt es irgendwelche Unstimmigkeiten in der Firma, die noch vor Weihnachten geklärt werden müssen. Im Grunde ist es ja nicht so schlimm, schließlich habe ich viel zu tun. Wir hätten ohnehin kaum Zeit füreinander.

Aber irgendwie … bin ich trotzdem traurig. Wisst ihr, was ich meine?«

Meike und ich nickten verstehend.

»Besinnlich ist diese Weihnachtszeit bislang definitiv noch nicht«, merkte ich an.

»Soll ich die Musik lauter stellen?«

Meike grinste bei ihrer Frage.

»Ach Mädels, wie gut, dass es euch gibt.«

Ich nahm beide in den Arm und so hielten wir uns für einen Augenblick.

Alles würde gut werden. Davon ging ich fest aus. Es mussten nur Lösungen für Probleme gefunden werden, die uns das diesjährige Weihnachtsfest noch nicht so genießen lassen wollten wie in den vergangenen Jahren.

Aber der Weihnachtszauber Föhrs würde schon dafür sorgen, dass wir uns auch zu dieser Jahreszeit rundum wohl auf der Insel fühlen konnten. Ganz sicher sogar.

Kapitel 3

»Ich soll was?«, platzte es mit einer solchen Heftigkeit aus mir heraus, dass meine Stimme in der Kirche widerhallte.

»Du bist am besten für den Posten geeignet, meine Liebe«, sagte Käthe und stützte sich dabei noch eine Spur mehr auf die Krücken.

»D-das geht n-nicht«, stotterte ich unbeholfen, während ich innerlich mit der Nervosität kämpfte, die bei Käthes Worten in mir ausgebrochen war.

»Schau, mit meinem gebrochenen Bein kann ich unmöglich die Leitung des Chors übernehmen. Wie soll ich denn mit nur einer Hand dirigieren? Du bist die erfahrenste Sängerin in unserer Mitte und perfekt für die Stelle geeignet«, schmierte sie mir weiter Honig ums Maul, den ich gar nicht haben wollte. Ich war schon immer eher der Marmeladentyp.

»Ich weiß nicht, ob ich das schaffe«, gab ich ehrlich zu.

Schon redeten die übrigen Chormitglieder auf mich ein, bestärkten mich, das Amt anzunehmen, gratulierten mir und schüttelten meine Hände, obwohl ich noch gar nicht meine Zustimmung gegeben hatte.

»Nachdem das nun geklärt wäre …«, hob Käthe an.

»Moment mal, ich …«, unterbrach ich sie.

»Natürlich werden dich alle Anwesenden mit Rat und Tat unterstützen. Ich versuche auch da zu sein. Du brauchst dir darum also keine Gedanken zu machen.«

Wie gut, dass ich mir um tausend andere Dinge Gedanken machte. Da wäre es auf die eine Sache mehr oder weniger auch nicht angekommen. Zumindest dann nicht, wenn es sich dabei nicht um die Leitung eines Chores handeln würde, der in wenigen Tagen vor mehreren hundert Zuschauern auftreten würde.

Mein Stresslevel war am Limit.

Wie die eineinhalb Stunden Chorprobe im Anschluss an Käthes Verkündung vergangen waren, wusste ich selbst nicht so recht. Wie in einem Film waren die neunzig Minuten an mir vorübergezogen. Ich hätte ihn wirklich genießen können, würde ich nicht inzwischen die weibliche Hauptrolle darin spielen. Mit einem Happy End war auch nicht zu rechnen. Schließlich kannte ich meine Aufregung vor Großevents. Die hatte sich in den vergangenen Jahren kaum gelegt. Und das, obwohl ich nur höchst selten in solch eine Situation kam.

Für gewöhnlich wusste ich mich aus diesen Angelegenheiten herauszuhalten. Aber was hätte ich in Käthes Fall machen sollen? Sie war auf Glatteis mit dem Fahrrad ausgerutscht und hatte sich das Bein gebrochen. Ein Glück, dass nicht mehr passiert war. Dennoch kam der Unfall enorm unpassend für mich. Das hieß natürlich nicht, dass ich ihr diesen zu einem anderen Zeitpunkt mehr gewünscht hätte. Am liebsten wäre es mir gewesen, sie wäre unversehrt geblieben.

»Zum Glück ist der Kelch der Leitung an mir vorübergegangen«, hörte ich Isabell, die Nieblumer Apothekerin, gerade zu einer Frau sagen, deren Name ich mir schlichtweg nicht merken konnte.

Irgendwas mit A. Annegret, Annemarie, Anna, Amalie?

»Da sagst du was«, erwiderte die unbekannte A.

»Wenn man bedenkt, wie viel Unglück all diejenigen hatten, die den Posten in den letzten Jahren bekleidet haben, dann sollte man wirklich froh sein, wenn man nur mitsingt. Vor einigen Jahren hatte ich mich um die Stelle der Chorleitung beworben. Stell dir das mal vor.«

Isabell legte sich theatralisch die Hand auf den Brustkorb. Als die beiden Frauen bemerkten, dass ich sie leicht entsetzt anstarrte, verabschiedeten sie sich kurzerhand und waren schneller zur Tür hinaus, als ich Amen sagen konnte.

»Hör nicht auf die beiden Lästermäuler, Leni. So etwas wie einen Chorleiterfluch gibt es nicht. Ich bin selbst für den Unfall verantwortlich, wieso musste ich bei Glatteis auch mit dem Rad losfahren?«, behauptete Käthe.

»Wie ist das denn überhaupt passiert?«, hakte ich nach.

Käthe winkte ab.

»Ach, ich wollte im Dunkeln noch eben schnell etwas einkaufen gehen. Dabei bin ich wie eine Verrückte gerast und habe gar nicht bedacht, wie vereist die Fahrbahn war. Mein Wegschliddern führte zu einer unsanften Landung im Straßengraben. Der Rest ist Geschichte.«

Wenn ich das von meinem Auftritt als Chorleiterin nur auch behaupten könnte.

»Meinst du nicht, wir finden eine andere Lösung für das Problem? Wir könnten dir einen Rollstuhl leihen«, bot ich an.

Doch Käthe schüttelte den Kopf.

»Ihr würdet mich darin überhaupt nicht sehen. Außerdem setze ich mich in keinen Rollstuhl. Am Ende denken die Leute noch, ich gehöre zum alten Eisen.«

Käthe war resolut in ihrer Meinung. Ich wusste, dass sie nicht weiter mit sich reden lassen würde. Gleichzeitig sah ich jedoch auch meine Ausweglosigkeit. Wenn ich jetzt aus dieser Kirche ging, war mein Schicksal besiegelt und ich würde keine Nacht bis zu dem anvisierten Auftritt mehr schlafen können. Ferner war in drei Wochen schon Weihnachten. Wie sich das auf meine Beziehung mit Ole auswirken würde, konnte ich mir leider überdeutlich vorstellen.

»Gibt es denn keinen, der die Stelle gerne übernehmen würde? Ich fühle mich in solchen Positionen nicht besonders wohl«, offenbarte ich Käthe ehrlich und hoffte auf ein wenig Mitgefühl.

Doch da war ich bei ihr offenbar an der falschen Adresse.

»Ich wüsste niemanden, der geeigneter wäre, und für gewöhnlich freuen sich diejenigen, die das Amt übernehmen dürfen. Es ist schließlich eine Auszeichnung. Viele Menschen werden kommen, um uns singen zu hören, und im besten Fall selbst mitsingen.«

Das war ja das Problem.

»Ich wollte nicht undankbar klingen«, erwiderte ich.

»Dann tu es nicht.«

Käthe lächelte mir bei diesen Worten ermutigend zu, tätschelte meinen Oberarm und verließ dann mit einem weiteren Schwung Chormitgliedern das Kirchenhaus, bis ich allein zurückblieb.

Kapitel 4

»Hey, Schatz! Ich wollte dich nicht wecken, aber im Café ist es gerade etwas ruhiger geworden, sodass ich mir am Nachmittag eine etwas längere Pause nehmen konnte. Und da dachte ich mir …«

Was ich mir dachte, sprach ich nicht laut aus. Stattdessen ließ ich Taten sprechen, schlüpfte aus meiner Jeans und dem Pullover und legte mich kurzerhand zu Ole, der heute offenbar so müde gewesen war, dass er sich bereits am Nachmittag zum Schlafen ins Bett gelegt hatte. Für gewöhnlich schlief er von neunzehn bis zwei Uhr nachts. Allerdings arbeitete er in der Vorweihnachtszeit auch länger als gewöhnlich, sodass ihn die Müdigkeit des Öfteren schon am Nachmittag übermannte.

Mit schläfrigem Blick musterte er mein Treiben.

»Wie spät ist es?«, fragte er benommen.

»Es ist vierzehn Uhr«, erwiderte ich verheißungsvoll und küsste ihn dabei auf den Mund.

»Vierzehn Uhr?«, fragte er mit einer Mischung aus Enttäuschung und Verzweiflung.

Offenbar kam mein Überraschungsbesuch nicht so gut an, wie ich es mir erhofft hatte.

Machte ich vielleicht etwas falsch? Ole und ich hatten schon seit einer Ewigkeit nicht mehr miteinander geschlafen. Es bekümmerte mich zwar nicht, schließlich fanden wir auch so Zärtlichkeiten füreinander. Aber dennoch spürte ich, wie uns die körperliche Nähe fehlte. Und wir sollten nicht eines Tages nebeneinander aufwachen und plötzlich feststellen, dass wir nicht mehr als gute Freunde waren. Dafür war mir Ole und diese Beziehung viel zu wichtig.

Und das sagte ich nicht nur, weil ich für ihn mein Leben in München vom einen auf den anderen Tag aufgegeben hatte, als ich mich dazu entschloss, zu ihm auf die Insel auszuwandern.

»Ist was im Café? Benötigst du meine Hilfe?«, fragte er noch immer schlaftrunken.

Mit jeder weiteren Silbe, die aus seinem Mund kam, wurde ich unsicherer, ob es wirklich eine gute Idee gewesen war, ihn zu wecken. Schließlich wusste ich, wie wichtig ihm sein Schlaf war.

»Nein, es ist alles in Ordnung«, erwiderte ich und bemühte mich dabei, mir nicht anmerken zu lassen, dass ich mir das hier anders vorgestellt hatte.

Viel romantischer. Und sinnlicher. Oh, und kuscheliger. Ole hielt noch immer Abstand zu mir, als gelte es, sich bei mir nicht mit einer ansteckenden Krankheit zu infizieren.

»Ist es die Kaffeemaschine? Ruf Benni an. Der kann sie wieder richten. Er weiß, was er tut. Seine Nummer müsste drüben im Café eingespeichert sein. Wenn nicht unter Benni, dann vermutlich unter Gerdes. Allerdings ist es fraglich, ob er Zeit hat. Oft versumpft er ab dem frühen Nachmittag bei Uschi in der Kneipe und ist dann nicht mehr ganz zurechnungsfähig. Er ist mal zur See gefahren und hat da Dinge erlebt, die ihn schwer gezeichnet haben.«

Wie ein Wasserfall plätscherten seine Worte auf mich ein.

Während Ole auf einmal schrecklich wach auf mich wirkte, verspürte ich den plötzlichen Drang, die Augen zu schließen und ein Nickerchen zu machen.

Der Tag im Café war bisher sehr stressig gewesen. Hennings Surfer-Rentner waren gegen Mittag bei mir aufgeschlagen und hatten dadurch für ordentlichen Umsatz gesorgt, was ganz schön anstrengend gewesen war. Hier ein Extrawunsch, da eine besondere Bitte.

Ich spürte, wie meine Lider schwer wurden.

»Es ist nicht die Kaffeemaschine«, beeilte ich mich zu sagen, bevor ich wegdöste.

»Nicht? Aber warum bist du denn dann nach Hause gekommen?«

»Ist das denn nicht offensichtlich?«, fragte ich ein wenig eingeschnappt und schmiegte mich dabei an Oles Schulter.

»Habe ich irgendwas vergessen? Hast du Geburtstag?«

Bei Oles Worten atmete ich hörbar aus.

»Die Kaffeemaschine ist nicht kaputt, du hast nichts vergessen und mein Geburtstag ist auch erst wieder im Mai«, erklärte ich ihm eine Spur zu feindselig.

Aber ich hatte die Faxen dicke. Wie hatte eine Idee, die so gut gemeint gewesen war, so wenig Anklang finden können?

Ole schaltete die Nachttischlampe an, rieb sich die Augen und sah mich dann prüfend an.

»Du bist eindeutig sauer auf mich. Was habe ich angestellt? Habe ich vergessen, die Wäsche in die Waschmaschine zu geben, oder sollte ich mich um irgendetwas kümmern?«

Ole wirkte zunehmend verunsichert.

»Du hast überhaupt nichts falsch gemacht, Ole. Ich wollte nur rüberkommen, weil ich ein wenig Zeit hatte und wir uns momentan so selten sehen«, offenbarte ich ihm.

»Dann habe ich also doch etwas falsch gemacht.«

Abermals schnaufte ich hörbar aus.

»Wir beide machen gerade einiges falsch. Wobei man das so nicht sagen kann. Wir haben eben sehr viel zu tun. Da bleibt eine Beziehung leider auf der Strecke.«

»Moment mal! Willst du mit mir Schluss machen?«

Ole riss die Augen auf und setzte sich nun aufrecht hin.

»Was? Nein! Ich wollte eigentlich dafür sorgen, dass wir uns wieder näherkommen«, beeilte ich mich zu sagen, als ich spürte, dass dieses Gespräch vollkommen aus dem Ruder lief.

Wie hatte eine so harmlose Idee dazu führen können, dass wir nun hier im Bett saßen und über das Ende unserer Beziehung sprachen?

»Indem du mich kurzerhand aufweckst?«

Okay, meine Idee war eindeutig gescheitert. Anstatt zu Ole zu gehen, hätte ich mir einen Cappuccino aus der voll funktionsfähigen Kaffeemaschine machen, mir ein Stück Vanillekipferl-Torte nehmen und mir ein ruhiges Plätzchen suchen sollen. Beim nächsten Mal war ich schlauer. Sollte es denn ein nächstes Mal geben.

»Entschuldige, Ole. Es war eine Schnapsidee«, sagte ich schließlich und klang dabei ein wenig genervt.

»Ich verstehe noch immer nicht …«, hob Ole an und fuhr sich dabei durchs Haar.

Da ich nicht den Wunsch verspürte, diese Situation noch weiter zu vertiefen, entschied ich mich dazu, meine Klamotten überzuziehen und schnellstmöglich den Rückwärtsgang in Richtung Café einzuschlagen.

»Wo willst du denn jetzt hin?«, fragte Ole, der inzwischen zwar beide Augen offen halten konnte, aber noch immer nicht ganz da war.

»Zurück ins Café«, erwiderte ich knapp.

»Brauchst du doch meine Hilfe?«, hakte er nach.

Ich seufzte.

»Ole, ich wollte zu dir ins Bett schlüpfen, um mit dir Sex zu haben.«

Wenn er mich nicht verstehen wollte, dann eben auf die harte Tour. Schonungslos ehrlich. Und ohne ausschmückende Details.

»Ah, okay. Das ist … jetzt vollkommen anders bei mir rübergekommen. Sorry, ich wollte dich nicht … Ich habe es einfach nicht kapiert. So kurz nach dem Aufwachen … Ich meine, du kennst mich.«

Ole schien ehrlich bekümmert, weil er meine Signale nicht richtig gedeutet hatte.

»Nein, mir tut es leid. Es war eine dumme Idee von mir. Aber grundsätzlich fände ich es sehr schön, wenn wir wieder mehr Zeit miteinander verbringen würden.«

Meine Worte klangen vorwurfsvoll, obwohl ich mir der Tatsache bewusst war, dass ich mit meinem Café im Moment für weniger Zweisamkeit sorgte, als das bei Oles Bäckerei der Fall war.

»Wie wäre es, wenn ich nach meiner Schicht frische Brötchen mitbringe und wir gemütlich zusammen frühstücken? Das haben wir schon eine Ewigkeit nicht mehr gemacht«, bot er an und strich mir eine Haarsträhne aus dem Gesicht.

Ole kam mir dabei so nahe, dass ich seinen Atem auf meiner Haut spüren konnte. Ein Kribbeln breitete sich schlagartig über meinen Körper aus.

»Das klingt ziemlich gut«, erwiderte ich und schloss die Augen, als Oles Fingerspitzen über meine Wange und meinen Hals zu meinem Schlüsselbein wanderten.

Meine Lippen suchten die seinen, und als sie sich trafen, war es wie ein Feuerwerk, das soeben gezündet worden war und in den buntesten Farben den Nachthimmel erhellte.

Ole raunte meinen Namen in mein Ohr. Eine Gänsehaut überzog augenblicklich meinen Körper, als Ole meinen Hals mit seinen Küssen übersäte.

Vielleicht hätte ich mehr Taten als Worte sprechen lassen sollen, als ich zu Ole ins Bett geschlüpft war. Aber nun war ja doch alles gut …

Ein rasselndes Geräusch ließ uns wie die Funken eines Lagerfeuers auseinanderstieben.

»Shit! Ich schätze, ich muss aufstehen«, merkte Ole vollkommen unnötigerweise an.

»Noch fünf Minuten«, jammerte ich wie damals, wenn mich meine Mutter morgens zur Schule weckte und ich nur sehr schwer aus den Federn kam.

»Ich befürchte, die haben wir nicht.«

Ole stand das Bedauern darüber offen ins Gesicht geschrieben.

Ich wollte mir derweil nicht ausmalen, wie belämmert ich gerade dreinsah.

»Vertagen wir das Ganze auf morgen früh? Ich versuche, um acht Uhr hier zu sein«, schlug er vor.

Ich nickte, obwohl uns neben dem Frühstück vermutlich nicht ausreichend Zeit bleiben würde. Ein Lieferant hatte sich angekündigt und Per musste morgen Vormittag zum Zahnarzt. Eine Plombe hatte sich gelöst.

Es musste dringend eine Aushilfe her. Nur mehr als Anzeigen schalten und im Internet auf den sozialen Medien darauf aufmerksam machen, konnte ich leider auch nicht. Es war wie verhext.

»War das übrigens heute mit der Weihnachtsfeier des Wyker Damenkränzchens? Wie viele waren das noch gleich? Dreißig?«

Erschrocken blickte ich auf die Uhr.

»Verdammt! Die habe ich ja ganz vergessen.«

Eilig küsste ich Ole auf den Mund, schnappte mir meine Sachen, zog mir im Flur die Schuhe an, warf mir den Mantel über und stürmte zur Tür hinaus.

Kapitel 5

»Meike? Fritzy? Was macht ihr denn hier?«

Irritiert blickte ich beide Freundinnen an, die sich vor der Kirche positioniert hatten.

»Wir sind da, um dich moralisch und seelisch zu unterstützen«, erklärte Fritzy und schwang dabei ihre Hand mit so viel Elan durch die Luft, dass mir allein beim Hinsehen schon das Handgelenk heraussprang.

»Oma Käthe hat uns von deinem Amt berichtet«, offenbarte Meike.

Denn bislang hatte ich den beiden nichts von meiner neuen Aufgabe erzählt. Schließlich hatte ich mich selbst erst mal an den Gedanken gewöhnen müssen, was ich letztlich noch immer nicht geschafft hatte. Also wollte ich auch nur ungern darüber sprechen.

»Wir wissen, wie sehr du solche Situationen meidest«, merkte Fritzy an.

»Aber wir wissen, wie gut du singen kannst. Oma Käthe ist der Auffassung, niemand sonst könne ihren Posten so gut bekleiden wie du. Und das ist doch eine besondere Ehre, findest du nicht auch?«

Meike lächelte mich freudig an, während ich ein schlechtes Gewissen hatte, weil ich meinen Freundinnen nicht selbst davon erzählt hatte und am liebsten umkehren und mich ins Bett legen würde.

Ich fühlte mich der Aufgabe nicht gewachsen. Zumindest nicht, wenn es darum ging, vor großem Publikum zu singen und dabei noch den Chor zu leiten. Alle Augen würden auf mich gerichtet sein. Als eine von vielen im Chor hätte ich gänzlich unbemerkt bleiben können. Aber so …

»Das ist total lieb, dass ihr hier seid, um mir den Rücken zu stärken«, erwiderte ich so freudig, wie ich nur konnte.

»Du schaffst das!«, merkte Fritzy abermals an.

Und ich schwöre, hätte sie Pompons dabeigehabt, hätte sie diese just in diesem Moment wie ein Cheerleader wild durch die Lüfte wirbeln lassen.

»Sind die anderen schon da?«, fragte ich mit mulmigem Gefühl im Magen.

Meike nickte.

»Sie warten auf dich«, erklärte Fritzy.

»Oma Käthe lässt sich für heute entschuldigen. Ihr Bein schmerzt zu sehr. Sie musste sich hinlegen.«

So viel also zu der versicherten Unterstützung.

»Aber dafür sind wir ja jetzt da.«

Fritzys Lächeln machte einer 60-Watt-Glühbirne Konkurrenz.

»Wir werden mitsingen«, offenbarte mir Meike im nächsten Moment.

»Ihr?«, fragte ich ungläubig.

Fritzy nickte bestätigend.

»Es ist zwar schon eine ganze Weile her, dass wir im Schulchor gesungen haben, aber das kriegen wir sicher hin.«

Das Angebot meiner Freundinnen war mehr als großzügig. Ich wusste um die viele Arbeit, die sie hatten, und die wenige Zeit, die sie mir bereitwillig schenken wollten. Allerdings war ich mir im Klaren darüber, was es bedeutete, zwei neue Sängerinnen in einen bestehenden Chor zu integrieren. Die Proben waren fast abgeschlossen, das Adventssingen stand vor der Tür. Das Adventssingen wohlgemerkt, für das ich nun verantwortlich war.

Eine Windbö wehte vom Meer herüber. Meine Glieder waren schon kalt. Der erste Schnee würde sicher nicht mehr lange auf sich warten lassen. Vielleicht würde sich ja dann so etwas wie eine vorweihnachtliche Stimmung bei mir einstellen.

»Wollen wir reingehen?«

Fritzy lächelte noch immer und hätte spielend leicht bei einem dieser Verkaufssender anheuern und beschichtete Pfannen für Unsummen an Geld verkaufen können. Sie hatte dieses gewisse Etwas, das Menschen mitriss.

Ich bedeutete ihr, die Tür, deren Klinke sie bereits in ihrer Hand hielt, zu öffnen.

Mein Herz rutschte mir beim Anblick des vollzählig erschienenen Chors in die Hose. Das waren alles alteingesessene Föhrer, die sich von mir, die erst seit wenigen Monaten auf der Insel lebte, sicher nichts sagen lassen würden.

Das war ein weiterer Punkt, weshalb ich mich zunehmend unwohler in meiner Haut fühlte. Was, wenn ein anderer Ambitionen auf den Posten hatte und von Käthe sträflich übergangen worden war?

»Sie kommen reichlich spät, meine Liebe«, merkte Frau Gottschlich an, die zuweilen Haare auf den Zähnen hatte.

»Dafür habe ich zwei neue Mitglieder für den Chor gewinnen können«, beeilte ich mich zu sagen, obwohl ich es nach wie vor nicht für eine besonders gute Idee hielt, dass Meike und Fritzy mitsangen. Der große Auftritt stand kurz bevor. Wir sollten festigen, was wir bisher geübt hatten. Neue Mitglieder brachten zwangsläufig erst mal Unruhe in die Gemeinschaft. Daran ließ sich nicht rütteln. Auch wenn ich genau wusste, dass Meike und Fritzy es nur gut meinten.

»Das ist natürlich … schön«, erwiderte Frau Gottschlich wenig begeistert.

Mir schwante Böses.

»Ich würde sagen, um nicht weiter unnötig Zeit zu verlieren, starten wir gleich mit dem ersten Lied.«

Ich übergab meine Notenblätter Meike und Fritzy, die daraufhin einen Platz bei den anderen suchten. Wo genau wir sie positionieren mussten, würde ich hoffentlich schleunigst herausfinden. Nun galt es, zur Routine zurückzukehren und so etwas wie Ruhe einkehren zu lassen.

Auf einer Liste hatte ich mir die Abfolge der Lieder notiert, die der gemischte Chor Föhrs präsentieren würde. Nach einem besinnlichen Auftakt mit *Stille Nacht, heilige Nacht* stand ein swingender Übergang mit *Let it Snow* von den Rat Packs an. Danach folgte *In der Weihnachtsbäckerei* von Rolf Zuckowski und Jeff Buckleys *Hallelujah*.

Ich mochte die Auswahl sehr.

»Können wir dann beginnen?«

Ein zustimmendes Raunen ging durch die Menge. Wie gebannt blickten die einen auf das Notenblatt in ihrer Hand, während wieder andere darauf warteten, dass ich den Startschuss gab.

Als die ersten Töne von *Stille Nacht, heilige Nacht* durch die kalte Kirche hallten, hatte ich für einen Moment das Gefühl, dass alles gut gehen würde. Bis ich eine Stimme aus der Masse heraushörte. Und diesmal war es nicht Frau Eilers. Kein gutes Zeichen. Schließlich sollte ein Chor wie eine Einheit klingen. Außer es gab ein Solo. Doch das stand definitiv nicht an.

»Stopp! Moment mal! Jemand singt schief«, unterbrach ich die Darbietung und blickte mich suchend um.

Fritzy und Meike blickten mich freudig an und streckten ihre Daumen in die Höhe. Sie schienen also total begeistert von ihrer Beteiligung im Chor zu sein. Dabei war ich mir sicher, dass eine von den beiden so schrecklich schief gesungen haben musste. Der Rest der Truppe war inzwischen gut aufeinander abgestimmt. Sogar Frau Eilers bemühte sich, leiser zu singen. Es musste also an Meike oder Fritzy liegen. Womöglich sogar an beiden.

Meinen Freundinnen sagen zu müssen, dass sie für den Chor gänzlich ungeeignet waren, erschien mir nicht unbedingt besonders reizvoll. Ganz im Gegenteil. Das war ein weiterer Punkt auf meiner To-do-Liste, auf den ich geflissentlich verzichten konnte.

»Das schiefe Stimmlein kam von der Seite«, ergriff Frau Gottschlich abermals das Wort und deutete dabei geradewegs auf Fritzy.

Diese riss ihren Mund auf, machte große Augen und hob bereits zu einer Stellungnahme an.

Das alles verlief überhaupt nicht so, wie ich es mir vorgestellt hatte. Nicht nur, dass ich jetzt federführend für das Adventssingen war, nein, ich musste einer meiner besten Freundinnen noch mitteilen, dass sie nicht singen konnte.

»Ich kann das besser«, versicherte mir Fritzy, woraufhin Frau Gottschlich einen undefinierbaren Laut von sich gab.

»Ich würde vorschlagen, wir beginnen noch mal von vorne.«

Erneut war zustimmendes Raunen zu vernehmen. Nur Frau Gottschlich machte keinen Hehl daraus, was sie von meiner Idee hielt, und sah mich mit wissendem Blick an.

Ich atmete mehrere Male tief ein und wieder aus, ehe ich das Zeichen gab, das Lied anzustimmen. Schon nach den ersten Tönen konnte ich Fritzys Stimme aus den übrigen heraushören. Und das leider nicht im positiven Sinne.

Frau Gottschlich sah mich auf diese selbstgefällige Art an, sodass ich am liebsten abermals gestoppt hätte. Aber das konnte und wollte ich Fritzy nicht antun. Und egal, ob ambitioniert oder nicht – das hier war ein Freitzeitchor. Oder? Jeder hatte das Recht, dabei zu sein. Adventssingen mit mehreren hundert Zuschauern hin oder her. Grundsätzlich sang dieser Chor das übrige Jahr hier in der Kirche. Und das vor allem zur Probe. Nur gelegentlich wurden wir zu Hochzeiten oder anderen Feierlichkeiten eingeladen.

Nach meiner Ankunft auf Föhr war ich in den Chor gegangen, weil ich Anschluss suchte und gerne einen Ausgleich zu meinem stressigen Job haben wollte. Wenn ich jedoch gewusst hätte, dass es im Chor einmal stressiger als im Café sein würde, hätte ich meine Entscheidung wohl noch mal überdacht.

»Das klang doch schon viel besser«, hörte ich mich sagen, als das Lied geendet hatte.

Frau Gottschlich zog ihre Brauen so weit in die Höhe, dass sich auf ihrer Stirn Falten bildeten, die mich an die Spuren im Watt erinnerten, die das Wasser dort hineingrub.

»Gleich das nächste Lied«, entschied ich und ging nicht weiter auf Frau Gottschlichs Geste ein.

Auch als sie die Hand hob, um etwas zu sagen, überging ich sie einfach. Nicht besonders nett – das war mir schon klar –, allerdings wollte ich die Angelegenheit nicht unnötig aufbauschen, indem wir darüber debattierten, wer wann wo wie schief gesungen hatte. Vielleicht brauchte Fritzy nur ein wenig Praxis. Und die würde sie am ehesten bekommen, wenn wir eifrig weitersangen. Gut möglich, dass sie so doch noch einmal in die Spur kam und weniger herausstach.

Die Idee war gut, der Vorsatz durchaus vertretbar, allerdings änderte sich auch nach dem fünften Lied nichts. Fritzy sang so falsch, dass ich es nicht mit gutem Gewissen vertreten konnte, sie weiter im Chor zu behalten.

Aber wie sollte ich ihr das erklären, ohne sie zum Weinen zu bringen? Viel schlimmer war für mich, dass sie extra gekommen war, um mich in meiner neuen Funktion zu unterstützen. Sie hatte es, ebenso wie Meike, nur gut gemeint, und nun sollte ich sie mit der Tatsache konfrontieren, dass sie einfach nicht singen konnte?

Allein der Gedanke daran ließ meinen Magen auf die Größe einer Erbse zusammenschrumpfen. Das war so ziemlich das Schlimmste, was ich seit langer Zeit machen musste. Und dabei hatte ich mir diese Situation mitnichten ausgesucht.

Als die Probe beendet war, deutete Frau Gottschlich zunächst mit Zeige- und Mittelfinger ihrer rechten Hand auf ihre Augen und dann auf meine. Dabei musste sie mir gar nicht erst andeuten, dass sie ein Auge auf mich haben würde. Das wusste ich auch so.

»Und, wie waren wir?«, fragte Fritzy aufgeregt, nachdem sich der Chor mehr oder minder aufgelöst hatte und nur noch wenige Mitglieder in der Kirche verblieben waren.

»Ihr wart … mir durchaus eine Stütze«, sagte ich schließlich, als ich es nicht über mich brachte, Fritzy mit der Wahrheit zu konfrontieren.

Es fühlte sich schrecklich an. Denn bis zu diesem Augenblick war ich der absoluten Überzeugung gewesen, dass wir uns immer alles offen und ehrlich ins Gesicht sagen konnten. Nun, da ich in dieser ausweglosen Situation feststeckte, konnte ich es einfach nicht. Leider.

»Das freut mich so sehr. Du kannst dir gar nicht vorstellen, welche Sorgen wir uns um dich gemacht haben. Schließlich wissen Meike und ich ja, wie ungern du im Mittelpunkt stehst. Wir hoffen einfach, dass wir dir durch unsere Anwesenheit ein wenig Kraft geben können.«

Fritzy war so glücklich über ihre Unterstützung, dass ich ihr nur schwerlich mit der Wahrheit kommen konnte. Nicht mal ansatzweise.

»Jetzt habe ich doch meinen Mantel vorne am Altar vergessen«, sagte Fritzy auf einmal und flitzte schon im nächsten Moment los.

»Wann wollen wir es ihr sagen?«, fragte Meike, kaum dass Fritzy außer Hörweite war.

»Am besten nie«, äußerte ich mein Unwohlsein.

»Sie wird es dir nicht krummnehmen. Ganz sicher nicht«, behauptete Meike und sprach mir Mut zu.

Vielleicht war es doch besser, ich redete mit Fritzy. Denn je länger ich so tat, als wäre alles bestens, desto schwieriger würde es werden, wieder aus der Sache herauszukommen.

»Und da hat meine Lehrerin, Frau Müller, mir immer vorgehalten, ich könne nicht singen.«

Lachend und gleichzeitig kopfschüttelnd kam sie mit ihrem Mantel über dem Arm auf uns zugelaufen.

So langsam begann ich zu verstehen, warum so viele Kandidaten zu DSDS gingen, obwohl sie nicht singen konnten. Sie hörten es schlichtweg nicht.

»Wir sollten nach Hause gehen. Es war ein langer Tag«, zog ich die Reißleine, auch wenn ich Meikes bohrenden Blick auf mir spürte.

Es war falsch von mir, den Schwanz einzuziehen und die Aufklärung zu vertagen. Aber ich war auch nur ein Mensch. Ein Mensch, der keinen Fehler machen und erst mal über alles in Ruhe nachdenken wollte, bevor er seiner Freundin auf den Kopf zusagen musste, dass sie nicht singen konnte.

»Bist du sicher, dass das die richtige Entscheidung ist?«, fragte Meike leise, als wir uns in Richtung Ausgang bewegten.

Der Rest der Chor-Truppe war bereits ausgeflogen. Wir waren allein.

»Nein, bin ich nicht. Aber ich will auch nicht ihre Gefühle verletzen«, gab ich zu bedenken.

»Gefühle verletzen?«, hakte Fritzy nach.

»Ja, ähm, also …«, stotterte ich ein wenig unbeholfen.

Lügen zählte noch nie zu meinen Kernkompetenzen. Und bis zu diesem Augenblick hatte ich mir redlich etwas darauf eingebildet. Nun gäbe ich alles dafür, ein wenig überzeugender zu klingen.

»Hattest du ein klärendes Gespräch mit Ole?«

Die Verwunderung über Fritzys Worte musste mir offen ins Gesicht geschrieben stehen, denn sie holte prompt weiter aus.

»Du meintest doch, dass ihr kaum noch Zeit füreinander hättet«, erinnerte sie mich.

»Ja, das … Ähm, wir haben gesprochen. Morgen frühstücken wir zusammen«, erzählte ich bereitwillig, dankbar, nicht mehr über die Chorprobe sprechen zu müssen.

Meikes Stirn war gerunzelt. Ihr schien nicht zu gefallen, wie sich das Gespräch entwickelte. Auch ich war nicht sonderlich begeistert darüber. Allerdings hatte ich Fritzy auch nie zuvor singen gehört. Und wenn Meike es getan hätte, hätte sie vermutlich alles darangesetzt, dass Fritzy und sie heute nicht zur Probe erscheinen würden.

»Das klingt nach einem guten Anfang. Ich bin gespannt, wann Fiete nach Hause kommt. Er vertröstet mich immer weiter. Am Ende hat er sich auf dem Festland eine andere Stewardess angelacht, mit der er sich kabbeln kann, und mich längst vergessen.«

Fiete und Fritzy hatten sich über den Wolken kennengelernt. Die beiden waren zunächst wie Feuer und Wasser gewesen, hatten sich dann jedoch ziemlich stürmisch ineinander verliebt. Am Ende fragten wir uns alle, wie es nur hatte sein können, dass sie sich auf den gemeinsamen Flügen regelmäßig an die Gurgel gegangen waren. Musste wohl am Sauerstoffgehalt der Luft dort oben liegen.

»Fiete würde dich nie betrügen. Der trägt dich doch auf Händen«, merkte Meike an.

Und ich musste ihr vollkommen recht geben.

Egal, ob eine Schlittenfahrt mit Huskys durch Schweden oder ein Tanzkurs in Wyk – Fiete machte fast alles mit und las seiner Fritzy jeden Wunsch von den Augen ab. So einer suchte sich nicht sofort wieder eine neue Flamme. Ganz sicher nicht.

»Gelegenheit macht Diebe«, erwiderte Fritzy und zuckte dabei mit den Achseln.

»Aber Gelegenheit macht nicht Liebe. Vielleicht einen kleinen Flirt. Aber das ist etwas anderes. Fiete würde dich nie verlassen, Fritzy, geschweige denn sich eine andere suchen. Das kannst du vergessen«, bekräftigte ich Meikes Worte.

»Was wäre ich nur ohne euch beide?«, sagte Fritzy daraufhin und legte ihre Arme um unsere Schultern.

»Einsam?«

»Unglücklich?«

Fritzy lachte.

»Es gibt doch nichts Besseres als echte Freundschaft. Ihr könnt euch gar nicht vorstellen, wie wichtig es mir ist, dass wir uns immer alles sagen können und dabei zu hundert Prozent ehrlich zueinander sind.«

Bei Fritzys Worten musste ich rabiat gegen einen sich plötzlich bildenden Kloß in meinem Hals anschlucken, wenn ich nicht Gefahr laufen wollte, an ebendiesem zu ersticken.

»Freundinnen fürs Leben?«, rief Fritzy, nachdem sie ihre Arme von unseren Schultern genommen und die rechte Hand in unsere Mitte gestreckt hatte.

»Freundinnen fürs Leben«, erwiderten Meike und ich und legten unsere rechte auf Fritzys.

Meike warf mir einen Blick zu, der Bände sprach, während ich mir ein Loch im Boden wünschte, in dem ich versinken konnte.

Die Büchse der Pandora war geöffnet. Doch trotz der vermeintlich besinnlichen Weihnachtszeit ging ich nicht davon aus, dass darin Geschenke auf uns warten würden.

Kapitel 6

Am nächsten Morgen wachte ich nach einer mehr oder weniger schlaflosen Nacht mit Kopfschmerzen auf. Die Begebenheiten des gestrigen Abends in der Kirche hatten mir so sehr zugesetzt, dass ich immer wieder in einen Albtraum verfallen und danach aus dem viel zu kurzen Schlaf ruhelos hochgeschreckt war.

Leise lauschte ich nach Geräuschen in der Wohnung. Ob Ole wohl schon zurück war, um das Frühstück zu machen?

Voller Vorfreude schwang ich mich trotz meiner Übermüdung und des schlechten Gewissens wegen Fritzy aus dem Bett und schlurfte in die Küche. Doch dort war niemand zu sehen.

»Ole?«, rief ich durch die Wohnung.

Er antwortete nicht.

Ich ging ins Bad, um nach ihm zu suchen, wurde jedoch ebenfalls nicht fündig.

Merkwürdig!

»Ole, wo steckst du?«, rief ich abermals, auch wenn ich mir im Klaren darüber war, dass ich ihn längst gefunden haben müsste, wenn er sich in der Wohnung aufhielt.

Schließlich war sie nicht besonders groß.

Zurück in der Küche nahm ich das erste Mal den Duft frisch aufgebrühten Kaffees wahr. Ole hatte bereits eine Kanne durchgelassen.

Nur wo steckte er?

Als ich mich mit einer dampfenden Tasse Kaffee an den Tisch setzte, fiel mir ein Zettel ins Auge.

Hallo, mein Schatz!

Ich wollte dich nicht so früh wecken. Du hast vorhin, als ich aufstehen musste, so unruhig geschlafen. Ich bin jetzt schon wieder in der Backstube. Eine Maschine hat heute Nacht Faxen gemacht und mein Vater muss heute zum Großhändler aufs Festland. Wir sehen uns nachher. Das Frühstück und alles andere holen wir nach.

Bis später, Ole!

Ich las die Zeilen ein ums andere Mal und bedauerte schlichtweg alles. Warum hatte ich Fritzy nicht gleich die Wahrheit gesagt? Dann wäre meine Nacht nicht so katastrophal ausgefallen und Ole und ich säßen jetzt gemütlich beim Frühstück, hielten Händchen und fütterten uns gegenseitig mit kleinen Leckereien. Oder auch nicht. Die Maschine war schließlich so oder so kaputtgegangen.

Seufzend ließ ich mich auf dem Stuhl zurückfallen. Das war – mal wieder – nicht so gelaufen, wie ich es mir erhofft hatte. Dabei hatte ich mich schon sehr auf unsere gemeinsame Zeit gefreut.

Bis später, stand dort geschrieben. Kein *Ich liebe dich* oder *Freu mich auf dich*. Was sagte das über Ole und mich aus? Wir waren noch nicht allzu lange ein Paar. Wenn sich der Alltag schon nach so wenigen Monaten einschlich, war die Beziehung dann für die Ewigkeit gemacht oder doch nur ein Strohfeuer, das bald wieder verglühte?

Resigniert legte ich den Zettel zur Seite und nahm einen Schluck aus der Tasse. Kaffee war ein Wachmacher. Doch heute ließ auch er mich im Stich. Die Sache mit Fritzy nagte an mir und die Tatsache, dass Ole und ich es nicht mal schafften, trotz Verabredung miteinander zu frühstücken, setzte mir deutlich zu.

Doch es brachte alles nichts. Ich musste mich anziehen und ins Café gehen, wenn ich nicht wollte, dass die Gäste vor verschlossenen Türen standen und womöglich nie wiederkamen.

Das Gastronomiegewerbe war nicht einfach. Man war abhängig von der Gunst der Gäste und ihren Rezensionen. Bislang hatte ich für das *Föhrliebt* nur sehr wenige Bewertungen erhalten. Aber das würde sich spätestens mit der nächsten Saison ändern. Dann galt es, sich gut zu präsentieren. Und vor allem für ausreichend Aushilfskräfte zu sorgen.

Mit diesen Gedanken sprang ich unter die Dusche, machte mich anschließend fertig und schlüpfte in frische Klamotten. Als ich den Rollkragenpullover überzog, blickte ich durch das Fenster nach draußen in Richtung Meer.

Es hatte noch immer nicht geschneit, obwohl uns ein schlauer Meteorologe genau das vorhergesagt hatte. Aber auch er war nur ein Mensch und konnte sich irren. Irren war menschlich, sagte man.

Vielleicht irrte ich mich auch darin, Fritzy nicht die Wahrheit sagen zu wollen. Was, wenn sie diese viel besser wegstecken würde, als ich glaubte? Ich konnte nicht in sie hineinsehen. Auch wenn wir uns schon lange kannten, wusste ich nicht, ob sie mir eine Richtigstellung hinsichtlich ihrer gesanglichen Leistung krummnehmen würde.

Mein Handy klingelte, als ich zur Tür hinauswollte. Meinen Mantel hatte ich bereits übergezogen. Mit dem Schlüssel in der einen und dem Handy in der anderen stand ich im Flur.

Es war Meike.

»Guten Morgen, Leni. Ich hoffe, du konntest besser schlafen als ich?«

An Meike schien die gestrige Chorprobe auch nicht spurlos vorübergegangen zu sein.

»Ich befürchte nicht. Außerdem ist das Frühstück mit Ole ins Wasser gefallen.«

»O nein! Wieso denn das?«

Während ich schon aus dem Haus ging, damit ich nicht doch zu spät kam, erzählte ich Meike von dem Zettel und von meiner Sorge.

»Nur, weil er *Bis später* geschrieben hat, heißt das noch lange nicht, dass bei euch die Luft raus ist. Er war vielleicht spät dran und hat gar nicht weiter darüber nachgedacht«, gab sie zu bedenken.

»So oder so muss sich dringend etwas ändern. Ich will diese Beziehung nicht gegen die Wand fahren, Meike. Das ist mir in der Vergangenheit nur allzu oft passiert. Du weißt selbst, dass ich eine wahre Künstlerin darin bin, die Männer wieder zu verlieren, nachdem es ernst zwischen uns wird. Aber das mit Ole und mir ist … etwas Besonderes.«

»Ole ist ein typischer Mann des Nordens. Er spricht nicht viel über seine Gefühle. Aber ich weiß sicher, dass er dich über alles liebt, Leni. Mach dir keine Sorgen über ungelegte Eier. Und die Vorweihnachtszeit ist für die meisten Paare eine Belastungsprobe. Wisst ihr eigentlich schon, wo ihr feiern werdet?«

Bei Meikes Worten wurde ich hellhörig. Tatsächlich hatten wir uns darüber noch nicht unterhalten. Und Weihnachten war in drei Wochen.

»Ich muss meine Eltern mal fragen, was sie geplant haben. Es wäre sehr schön, wenn sie zu uns kommen könnten. München und Föhr liegen einfach viel zu weit auseinander, als dass man sich mal kurz ins Auto setzt, um sich zu besuchen.«

Meike lachte.

»O ja, da sagst du was. Wobei ich in dieser Hinsicht ganz froh bin. Meine Mutter will in München bleiben. Wir werden bei Oma Käthe und Opa Paul feiern.«

Das Verhältnis zwischen Meike und ihrer Mutter hatte sich nach ihrer Hochzeit zwar ein wenig gebessert, allerdings waren die beiden nie so eng gewesen, dass sie einen richtigen Neuanfang wagen wollten.

Meine Mutter und ich verstanden uns hingegen blind. Ich vermisste sie schrecklich, auch wenn ich das bei all der Arbeit gut zu vergessen wusste. Nur jetzt, da ich an das Fest der Liebe und die vergangenen Jahre dachte, bekümmerte mich die Aussicht, meine Eltern an diesem Weihnachtsfest womöglich nicht an meiner Seite zu haben.

»Das klingt sehr schön«, beeilte ich mich zu sagen.

»Und mach dir keine Sorgen wegen Ole und dir. Hörst du? Es gibt nichts, worüber du dir Gedanken machen solltest.«

Beim Café angekommen, klemmte ich das Handy zwischen Schulter und Ohr ein, um die Tür aufschließen zu können.

Der Tag war nicht richtig angebrochen. Der Himmel war wolkenverhangen. Es roch nach Schnee, aber vermutlich würde der uns nur wieder passieren und irgendwo anders für die schöne weiße Pracht sorgen. Doch noch wollte ich die Hoffnung auf weiße Weihnacht nicht aufgeben.

»Ich muss jetzt leider ins Museum. Heute kommt eine Schulklasse vorbei. Ich bin schon gespannt, wie das wird. Es ist eine neunte Klasse.«

»Oh, das klingt nach Pubertät.«

Meike lachte.

»Du hast es erfasst. Aber Fritzy hat mir schon versprochen, mich zu retten, sollte es ganz schlimm werden. Sie hat was für die Kinder vorbereitet. Oder sollte ich besser junge Erwachsene sagen? So richtig mit Kindern umzugehen, weiß man eigentlich erst, wenn man selbst welche hat. Oder?«

Meikes Worte ließen mich aufhorchen.

»Oh, dann …«

Meike unterbrach mich mitten im Satz.

»Nein, ich bin nicht schwanger, wenn du das sagen wolltest.«

Bildete ich es mir nur ein oder klang Meike bei ihren Worten gereizt?

»Wir hören uns.«

Damit beendete sie das Gespräch und hinterließ bei mir den faden Beigeschmack, sie durch meine Nachfrage verärgert zu haben.

Das war definitiv nicht mein Tag.

Kapitel 7

Montags hatte das *Föhrliebt* seit einigen Wochen geschlossen. Noch wusste ich nicht, ob ich das so auch in den Sommermonaten beibehalten wollte, aber gerade tat mir die kleine Auszeit richtig gut.

Meike, Fritzy und ich wollten uns gleich im Museum treffen und zusammen ein paar Weihnachtskarten basteln. Ich stellte mir das unglaublich entschleunigend vor. Seit ich München hinter mir gelassen hatte, fehlte mir der Ausgleich zu meiner Arbeit.

Früher war ich ins Fitnessstudio oder zum Yoga-Kurs gegangen. Heute fehlte mir dafür schlichtweg die Zeit. Aber so war das eben bei einem privaten und beruflichen Neuanfang. Es dauerte einfach, bis sich alles eingependelt hatte.

»Meine Eltern haben uns zu Weihnachten eingeladen. Ich habe ihnen schon zugesagt«, erklärte mir Ole gerade durch die geschlossene Badezimmertür.

Er war vor wenigen Minuten aus der Backstube nach Hause gekommen und würde sich gleich aufs Ohr legen, um zu schlafen.

»Eigentlich wollte ich meine Eltern einladen, damit wir hier bei uns feiern können«, rief ich gegen die Tür, woraufhin Ole diese öffnete.

»Hast du sie denn schon eingeladen?«

Das war der Knackpunkt. Ich hatte es bisher nur vorgehabt, mich allerdings noch nicht darum gekümmert.

Kopfschüttelnd stand ich vor ihm.

»Was hältst du dann davon, wenn wir den Heiligen Abend bei meinen Eltern verbringen und den ersten Weihnachtsfeiertag hier bei uns mit deinen feiern?«

Ole streckte mir seine Hände entgegen.

»Das ist natürlich auch eine Möglichkeit«, lenkte ich ein und nahm seine Hände.

»Ich bin jetzt leider schrecklich müde und muss mich gleich hinlegen. Sobald ich ausgeschlafen habe, melde ich mich bei dir und wir machen was Schönes zusammen. Wie klingt das für dich?«

Ole lächelte mich an, während er seine Augen kaum noch offen halten konnte.

»Wie Musik«, erwiderte ich strahlend und machte mich nach einem Abschiedskuss schließlich auf den Weg.

»Ich kann das nicht. Wo soll da noch mal eingeschnitten werden? Mir fällt der Stern nach dem Schneiden immer auseinander. Was mache ich bloß falsch? Vielleicht liegt es am Falten?«

Fritzy nahm sich meines Problems an, schaute sich das undefinierbare Gebilde in meiner Hand an, das ein Stern hätte werden sollen, den ich gerne vorn auf meine Weihnachtskarte geklebt hätte.

»Im Grunde hast du alles richtig gemacht«, erklärte sie mir und faltete ein weiteres, bereits vorgeschnittenes Stück Papier, um mir zu zeigen, wo der Fehler passiert war.

Ich achtete genauestens auf ihre Hände und war dennoch beim dritten Schritt schon wieder raus.

»Schaut mal, was haltet ihr von meinem Strohstern?«

Meike strahlte übers ganze Gesicht. Offenbar machte ihr die Tortur auch noch Spaß.

»Der sieht wirklich sehr schön aus. Wirst du ihn bei euch an den Baum hängen?«

Fritzy wandte sich ihr zu und betrachtete das Ergebnis von allen Seiten.

Meike nickte.

»Ich möchte den Weihnachtsbaum in diesem Jahr klassisch schmücken. Statt Kugeln gibt es Stroh- und Papiersterne, Lametta und nur eine einfarbige Beleuchtung. Das passt irgendwie viel mehr zu Föhr als das bunte Lichtermeer in München. Findet ihr nicht auch?«

Meike mochte recht haben. Ganz sicher sogar. Aber gerade im Moment fehlte mir München so sehr, dass ich versucht war, ihr zu widersprechen. Einfach aus Trotz. Und aufgrund der Tatsache, dass mich diese Bastelei noch wahnsinnig machte. Dabei hätte ich von mir behauptet, gut basteln zu können. Doch wenn ich meine gesammelten Werke hier so betrachtete, dann war mir fast zum Heulen zumute.

»Das klingt sehr schön. Ich bin schon auf das Ergebnis gespannt«, erwiderte Fritzy, ehe sie sich wieder einer anderen Gruppe zuwandte, die ebenfalls Weihnachtskarten bastelten.

Die meisten hatten sich dazu entschlossen, die Karten zu stempeln. Warum war ich nur auf die Idee gekommen, es wäre toll, einen 3-D-Stern auf der Karte zu haben?

Könnte daran liegen, dass du bis eben glaubtest, keine zwei linken Hände zu besitzen, behauptete meine innere Stimme.

»Pst, Meike!«

Ich bedeutete ihr, zu mir zu kommen. Sie würde wissen, wie das mit dem Falten und Schneiden richtig ging. Fritzy noch mal zu fragen, war mir zu peinlich. Vor allem, da wir nicht unter uns waren.

Meike setzte sich auf den freien Platz neben mir und guckte sich mein Dilemma an.

Mit wenigen Handgriffen gelang ihr das, was ich in einer Stunde nicht zustande gebracht hatte.

»Fertig«, sagte sie schließlich und überreichte mir den ersten Stern, den ich so auf meine Karte kleben konnte.

Wie gut, dass ich noch vier weitere basteln wollte und keinen blassen Schimmer hatte, wie ich das anstellen sollte. War Basteln schon immer so schwierig? Ich konnte mich erinnern, dass es mir während meiner Kindergarten- und Schulzeit immer viel Freude bereitet hatte. Aber vielleicht war die Erinnerung verklärt, was häufiger passierte.

»Der sieht richtig toll aus«, meinte Fritzy, als sie wieder an unserem Tisch stand.

»Den hat ja auch Meike für mich gebastelt«, erklärte ich ehrlich.

Fritzy legte mir eine Hand über die Schulter.

»Das mit dem Kreativsein lebst du eben in deinem Café aus. Nicht jeder hat ein Händchen fürs Basteln.«

Autsch! Das tat weh. Aber es war ehrlich. Was mich wieder zu dem Punkt mit der Chorprobe brachte. Ich musste mit Fritzy darüber reden. Dringend. Sie musste es von mir hören und nicht von irgendjemandem sonst.

»Du, Fritzy, was ich noch sagen wollte.«

»Ja?«, hakte sie nach, als ich nicht weitersprach.

»Gestern bei der Chorprobe …«, hob ich neuerlich an.

»Ich weiß, diese Frau Gottschlich singt schrecklich schief, oder? Jemand sollte es ihr dringend sagen. Findet ihr nicht auch?«

Nun blickte sie zwischen Meike und mir hin und her.

»Also ich finde …«, hob Meike an, da klingelte mein Handy.

»Leni, Liebes, bist du es?«, fragte eine Stimme, die mir bekannt vorkam.

Da bei dem Anruf jedoch keine Nummer mitgeschickt wurde, wusste ich nicht, um wen es sich dabei handelte.

»Ja, ich bin's, Leni. Wer möchte das denn wissen?«

»Oh, entschuldige bitte. Das habe ich bei all der Aufregung total vergessen. Hier spricht Käthe. Hennings Großmutter. Ich habe heute noch mal Informationen zum Adventssingen bekommen. Nichts Dramatisches. Nur genaue Daten zum Zeitablauf. Ich habe eben bei euch geklingelt. Ich habe Ole allerdings nur von Weitem gesehen. Und du scheinst nicht daheim zu sein«, schlussfolgerte sie vollkommen richtig.

»Ole ist schon wieder auf? Aber der hat sich doch erst vor knapp zwei Stunden hingelegt, weil er so müde war«, fragte ich überrascht und blickte dabei auf meine

Armbanduhr, um mich zu vergewissern, dass ich mich nicht in der Zeit vertat.

»Nein, der ist sicher nicht hier. Soll ich dir den Zettel in den Briefkasten werfen? Falls du noch Fragen hast, kannst du dich gerne an mich wenden. Ich kann nur mit meinen Krücken nicht so lange herumstehen und warten, bis du kommst. Oder bist du in der Nähe? Dann bleibe ich noch ein paar Minuten.«

Mein Herz begann zu rasen, während ich mich fragte, wo Ole nur hingegangen sein könnte. Sein Schlaf war ihm heilig. Besonders in der stressigen Vorweihnachtszeit. Und nach knapp zwei Stunden konnte er unmöglich schon wach sein. Es musste einen Grund geben, warum er aufgestanden war. Doch wie sah dieser aus? Hatte er womöglich einen Namen?

»Leni?«, rief Käthe in den Hörer.

Ich hatte ganz vergessen, dass sie noch in der Leitung war.

»Du kannst mir den Zettel gerne in den Briefkasten werfen. Das reicht vollkommen. Ich weiß aber nicht, wann ich wieder daheim sein werde.«

Bevor ich dorthin zurückkehrte, musste ich erst mal dringend klären, was mit Ole war. Das ließ mir keine Ruhe. Das Gefühl, er könnte ein Geheimnis vor mir haben, das unsere Beziehung gefährdete, breitete sich in rasanter Geschwindigkeit von meinem Kopf in jeden noch so entlegenen Winkel meines Körpers aus, bis schließlich auch mein kleiner Zeh beunruhigt war. Ich spürte überall ein sanftes Kribbeln. Allerdings keines von der Sorte, das Vorfreude begleitete.

»Gut, mein Kind. Dann mache ich das so. Melde dich!«

Damit verabschiedete sich Käthe von mir.

Wie in Trance beendete ich das Gespräch und legte das Handy auf den Tisch.

»Stimmt etwas nicht? Ist etwas passiert?«, fragten Meike und Fritzy wie aus einem Munde.

Mein Nervenkostüm war so dünn, dass ich schon im nächsten Moment zu weinen begann.

Ohne weiter nachzufragen, nahmen mich die beiden in die Arme und trösteten mich, während ich nicht wusste, warum ich plötzlich losgeweint hatte.

»Ole … Er ist schon wieder auf und unterwegs. Käthe hat ihn gesehen«, erklärte ich, nachdem Meike mir ein Taschentuch gereicht, ich mir die Tränen aus dem Gesicht gewischt und mich ein wenig beruhigt hatte.

»Vielleicht hat er einen Termin, von dem er dir vergessen hat zu erzählen«, überlegte Fritzy.

Sie schien sich keine Sorgen zu machen.

»Merkwürdig, dass er nach der Nachtschicht nicht ausschläft. Warum sollte er einen Termin so früh am Tag ausmachen, wenn er doch weiß, dass er momentan um diese Zeit schläft? Schließlich haben sie mit dem Plätzchenbacken mehr zu tun als sonst im Jahr«, merkte Meike an.

»Vielleicht hat er nicht dran gedacht«, erwiderte Fritzy, die nach wie vor die Ruhe selbst war.

Aber es war auch nicht ihr Freund, der plötzlich auf Abwegen wandelte und sonst wohin gegangen war.

»Wenn er schon früher aufsteht, warum trifft er sich dann nicht mit mir?«

Resigniert ließ ich die Schultern sinken, während mir tausend Gedanken durch den Kopf schossen.

Meike strich mir einfühlsam über den Rücken.

»Es gibt für alles eine Erklärung. Das Beste wird sein, du redest mit ihm.«

Natürlich hatte sie recht. Anstatt den Teufel an die Wand zu malen, sollte ich wohl besser einen kühlen Kopf bewahren. Durchdrehen und panisch werden konnte ich später immer noch.

»Ruf ihn doch mal auf seinem Handy an«, schlug Fritzy vor.

Die Idee fand ich gut, auch wenn meine Hand so schrecklich zitterte, dass ich befürchtete, mein Handy könnte mir jeden Moment runterfallen.

»Die Mailbox«, erklärte ich nach wenigen Sekunden.

»Das hat nichts zu heißen«, meldete sich Fritzy abermals zu Wort.

»Er könnte wirklich einen Arzttermin oder so haben«, meinte Meike und strich mir dabei über den Arm.

»Seid mir nicht böse, aber ich kann jetzt nicht in Ruhe Karten basteln, während ich nicht weiß, wie Ole und ich noch zueinander stehen. Ich spüre, dass da etwas ist. Und ich muss mich mit eigenen Augen davon überzeugen, ob ich recht oder unrecht habe.«

Schon stand ich von meinem Stuhl auf, zog Mantel und Schal sowie die Mütze über, griff nach meiner Tasche und verabschiedete mich von den beiden.

»Bis spätestens heute Abend zur Chorprobe«, rief Fritzy mir noch nach.

»Melde dich«, hörte ich Meike sagen.

Kapitel 8

Den freien Tag damit zu verbringen, meinen Freund auf der Nordseeinsel Föhr zu suchen, ohne auch nur einen Anhaltspunkt zu haben, wo ich ihn finden könnte, war nicht unbedingt das, was ich mir vorgestellt hatte.

Aber mir würde die Sache keine Ruhe lassen, bis ich nicht wusste, was hier vor sich ging.

Zum Glück hatte ich mir das Rad genommen. Anders wäre die vermeintliche Verfolgungsjagd quer über die Insel kaum möglich gewesen.

Am Strand von Dunsum angekommen, hielt ich an, um es noch einmal auf Oles Handy zu versuchen. Er musste doch irgendwann rangehen. Jetzt war es schon fast Mittag. Um vierzehn Uhr waren wir verabredet.

Wieder nur die Mailbox. Mutlos ließ ich das Handy zurück in meine Manteltasche gleiten, während mein Magen sich schmerzhaft verkrampfte. Was tat ich hier überhaupt? Geisterte ich am Ende nur einem Hirngespinst hinterher, weil ich schlichtweg nicht glauben konnte, einmal eine Beziehung zu führen, die funktionierte? Oder trog mich mein Gefühl nicht und Ole hatte wirklich noch etwas mit einer anderen?

Möglich wäre es. Schließlich war Ole auch nur ein Mann. Allerdings hätte ich ihm das nie zugetraut. Er war doch einer von den Guten. Oder?

»Hey, Leni«, riss mich Per aus meinen Gedanken.

»Entschuldige bitte! Ich habe gar nicht gesehen, dass du auch hier bist.«

Per winkte ab.

»Ich treffe mich gleich mit der heißen Schnitte, die letztens bei uns im Café war. Jasper kommt aus Flensburg und fährt die Tage schon wieder nach Hause. Er hat hier eine alte Studienkollegin besucht. Vielleicht kann ich ihn überzeugen, noch ein paar Tage länger zu bleiben.«

Per lächelte glückselig, sodass seine Augen regelrecht funkelten. Vergessen schien der Trennungsschmerz von Samuel. Zumindest einer von uns, dem es ziemlich gut ging. Ich freute mich aufrichtig für ihn, auch wenn ich ein kleines bisschen neidisch auf ihn war.

»Ich muss dann leider wieder«, verabschiedete ich mich von ihm, ohne zu wissen, welchen Weg ich einschlagen sollte.

Ole konnte inzwischen überall sein.

»Grüß Ole von mir. Ich habe ihn vorhin nur kurz vorm Café gesehen. Er hat sich mit einer Frau unterhalten, da wollte ich nicht stören. Erst dachte ich ja, du wärst bei ihm.«

Lächelnd schüttelte er den Kopf und setzte seinen Weg schließlich fort, nachdem er mich zum Abschied umarmt hatte.

Völlig frustriert stand ich da, meine Hände fest um das Lenkrad und den Sattel meines Fahrrades gekrallt, und versuchte, die aufkommenden Tränen hinunterzuschlucken. Ich wollte nicht weinen. Nicht schon wieder. Auch wenn die Indizien mittlerweile alle gegen Ole sprachen.

Als ich mich endlich so weit beruhigt hatte, um meinen Weg zum *Föhrliebt* einzuschlagen, klingelte mein Handy.

Ole.

»Hallo, Ole«, meldete ich mich und bemühte mich, mir nicht anmerken zu lassen, was ich in der letzten Stunde über ihn erfahren hatte.

Noch konnte es für alles eine harmlose Erklärung geben, erinnerte ich mich an Meikes Worte, und ich wollte zuversichtlich bleiben. Ole und ich … das war was Festes. Wir liebten uns doch. Schon in wenigen Wochen würden wir sogar unser erstes gemeinsames Weihnachtsfest feiern.

»Leni, es tut mir schrecklich leid, aber ich muss dir absagen. Die Maschine in der Backstube … Du erinnerst dich? Ich muss noch mal nachsehen, was da los ist. Offenbar gibt es wieder Probleme.«

Zunächst wollte ich fragen, wie er das jetzt erst hatte feststellen können, nachdem er doch die ganze Nacht mit ihr hatte arbeiten müssen. Doch ich verbat es mir, ihn darauf anzusprechen. Stattdessen entschied ich mich, zur Backstube zu fahren und nachzusehen, ob er wirklich da war.

»Wie schade. Ich hatte mich gefreut, mit dir Zeit zu verbringen.«

Ole seufzte.

»Ich weiß auch nicht, was gerade los ist. Aber ich verspreche dir, dass es spätestens nach Weihnachten wieder ruhiger wird.«

»Ja, das hoffe ich wirklich. Vor allem, dass du wieder mehr Schlaf abkriegst«, erwiderte ich.

»Ich habe bis eben geschlafen und bin fit wie ein Turnschuh. Um mich musst du dir also keine Sorgen machen. Sobald ich fertig bin, melde ich mich bei dir. Vielleicht können wir danach ins Robbenzentrum. Das kann ich jetzt allerdings noch nicht sagen wegen …«

»… wegen der kaputten Maschine. Ich weiß«, sagte ich und schloss dabei die Augen.

Ole beendete das Gespräch und ich ließ mich neben dem Fahrrad in den Sand plumpsen. Mir fehlte auf einmal jede Kraft, mich länger auf den Beinen zu halten.

Die Wellen tosten. Eine steife Brise blies mir ins Gesicht. Bald schon würde Regen einsetzen. Auf Schnee wollte ich nicht hoffen.

Plötzlich traf mich die Erkenntnis wie ein Schlag ins Gesicht: Während ich vorher nur wirre Gedanken hatte, die mir vorgaukelten, dass mich mein Freund betrog, hatte ich nun Gewissheit. Warum sonst sollte Ole mir gegenüber behaupten, gerade erst aufgestanden zu sein? Es ergab keinen Sinn, dass er mich deshalb anlog, wenn er nicht etwas – oder besser gesagt jemanden – vor mir verheimlichte.

Mir schnürte es fast die Kehle zu. Was war nur passiert? Warum war Ole nicht offen zu mir und trennte sich von mir ordentlich, bevor er sich auf was Neues einließ? Oder hatte er womöglich doch wieder was mit seiner Ex, mit

Sandra? Die beiden waren fast fünf Jahre ein Paar gewesen, das steckte man nicht so leicht weg. Ihre Beziehung war nur wenige Monate vor unserer ersten Begegnung in die Brüche gegangen. Vielleicht empfand er noch etwas für sie. Und sie für ihn.

Mein Kopf schmerzte höllisch. Ich hatte kaum etwas gegessen und bisher nur ein Glas Wasser getrunken. Kein Wunder also. Dennoch wusste ich, dass meine Kopfschmerzen einen anderen Ursprung hatten.

Bevor ich mich vom kalten Sand erhob, der in den Sommermonaten zu meinem zweiten Zuhause geworden war, angelte ich mir mein Handy aus der Manteltasche und rief Meike an, um sie und Fritzy auf den neuesten Stand zu bringen.

»Dafür muss es eine andere Erklärung geben«, ergriff Fritzy Partei für Ole, nachdem ich die beiden ins Bild gesetzt hatte.

»Was für eine sollte es da bitte schön geben? Wenn es etwas Harmloses wäre, dann hätte er mir doch davon erzählt«, gab ich zu bedenken.

Meike hielt sich noch bedeckt.

»Was hast du jetzt vor?«, hakte sie schließlich nach.

Ich zuckte mit den Schultern, auch wenn ich mir der Tatsache bewusst war, dass meine Freundinnen mich nicht sehen konnten.

»Ich werde zur Bäckerei fahren und nachschauen, ob Ole mich wieder angelogen hat oder ob er wirklich dort ist. Mehr kann ich im Moment nicht machen. Am liebsten würde ich ihn verfolgen und auf frischer Tat ertappen. Auch wenn ich mir nicht sicher bin, ob ich das verkraften würde. Es gibt da diese neue Angestellte in der Bäckerei, von der er so begeistert erzählt hat. Aber ich muss mir selbst ein Bild der Lage machen. Und sofern ich Ole auf die Sache mit heute Morgen anspreche, findet er sicher nur wieder Ausflüchte. Ich will mich nicht mehr anlügen lassen.«

In München hatte ich mich in einer toxischen Beziehung befunden, in der die Gefühle groß, die Lügen allerdings noch viel größer gewesen waren. Ich wollte das nicht mehr. Hoffen und Bangen und ständig darauf warten, dass die Seifenblase, in der ich mich versteckt hatte, platzte. Ich war keine zwanzig mehr, wollte Familie und Kinder. Aber vor allem wollte ich einen Partner an meiner Seite, auf den ich mich verlassen konnte, dem ich meine Sorgen anvertrauen und mit dem ich gemeinsam an Lösungen für meine Probleme arbeiten konnte. So, wie auch ich ihm immer mit Rat und Tat zur Seite stehen wollte.

»Wir kommen vorbei«, rief Fritzy entschlossen in den Hörer.

»Zur Backstube?«, fragte ich leicht panisch.

»Zur Backstube«, bestätigte sie mir.

»Aber du hast doch noch einen Kurs«, gab ich zu bedenken.

»Der endet gleich. Wir sind schon fast auf dem Weg. Und, Leni?«

»Ja?«

Sie seufzte.

»Tu nichts, bis wir da sind. Okay? Nicht, dass du es am Ende bereust.«

Damit beendete sie das Gespräch und ich saß wieder allein am Dunsumer Strand.

In den Sommermonaten, als ich Fritzy und Fiete in ihrem Haus ganz in der Nähe besucht hatte, war dieser Strand einer meiner Lieblingsstrände auf der Insel gewesen. Ole und ich hatten, wann immer es uns möglich war, hier eine kleine Auszeit genossen, gepicknickt oder uns mit Meike und Henning sowie Fritzy und Fiete getroffen. Es war so eine fröhliche, ausgelassene Stimmung gewesen. Wenn ich darüber nachdachte, konnte ich kaum glauben, dass das alles von jetzt auf gleich zu Ende sein sollte.

Abermals kämpfte ich gegen die Tränen an, während ich mich aus dem kalten Sand erhob. Regen setzte ein, den mir der Wind ungehalten ins Gesicht peitschte. Mit Mühe kam ich zurück aufs Fahrrad. Weit und breit war niemand zu sehen.

Tief in Gedanken versunken fuhr ich zurück nach Nieblum. Knapp dreißig Minuten später stand ich vor der Backstube und hielt Ausschau nach Meike und Fritzy. Bislang hatte ich sie allerdings noch nicht erspähen können.

»Leni, wie schön, dich zu sehen.«

Wie vom Donner gerührt wandte ich mich um.

»Ist alles in Ordnung mit dir?«, fragte Oma Käthe. »Du siehst aus, als hättest du einen Geist gesehen.«

Ich bemühte mich um ein Lächeln, das mir allerdings nicht so recht gelingen wollte.

»Alles gut. Ich war nur in Gedanken.«

»Hattest du denn schon die Möglichkeit, dir den Zeitplan anzusehen, den ich dir eingeworfen habe?«, fragte sie eifrig.

Kopfschüttelnd verneinte ich.

»Du brauchst dir keine Sorgen zu machen, liebe Leni. Das Adventssingen wird sicher wieder ein voller Erfolg. Der Chor ist gut und vorbereitet. Du wirst sehen, der Auftritt wird ein Klacks für euch.«

Bildete ich es mir nur ein oder klang Käthe gar nicht mal so zuversichtlich, wie mich ihre Worte glauben lassen sollten?

»Hat dich Frau Gottschlich angerufen?«

Es brachte nichts, lange um den heißen Brei herumzureden, also ging ich lieber gleich in die Offensive.

Käthe wirkte ertappt. Sie überlegte kurz, ehe sie nickte.

»Sie meinte, Meike und Fritzy würden nun auch im Chor mitsingen. Ich fand das grundsätzlich erst mal eine sehr gute Idee. Schließlich kann unser Chor nie genügend Mitglieder haben. Jeder ist uns willkommen. Allerdings ...«

»... hat Frau Gottschlich dir erzählt, dass Fritzy nicht besonders gut singt. Hab ich recht?«

Käthe nickte abermals.

»Ich bin der Überzeugung, dass jeder mit ein wenig Übung in einem Chor singen kann. Das ist nicht das Problem. Das Adventssingen ist nun aber schon in wenigen Tagen. Ich bin mir nicht sicher, ob du dieser immensen Herausforderung gewachsen bist, liebe Leni. Vielleicht wäre es besser, Fritzy zu sagen, dass sie nach dem Auftritt herzlich im Chor willkommen ist, jetzt aber noch pausieren sollte.«

Käthe klang selbst nicht überzeugt von ihren Worten.

»Das kann ich ihr auf gar keinen Fall sagen. Fritzy und Meike sind doch nur zur Probe gekommen, weil sie mir eine Stütze sein wollten. Wie sollte ich einer Freundin, die für mich da sein möchte, sagen, dass ich ihre Hilfe nicht will? Das geht nicht, Käthe. Nein, das geht ganz und gar nicht.«

Käthe nickte zustimmend.

»Da hast du natürlich recht.«

Käthe war anzusehen, dass sie gerade nicht in meiner Haut stecken wollte.

Wenn ich es mir recht überlegte, dann wollte ich gerade auch nicht in meiner Haut stecken. Und das nicht nur wegen des bevorstehenden Konzerts.

»Leni, da bist du ja«, hörte ich Meike und Fritzy rufen.

Die beiden kamen ebenfalls mit ihren Rädern angefahren.

»Dann geh ich mal weiter. Der Regen macht mir das Laufen auf Krücken nicht unbedingt leichter«, vermeldete Käthe, nachdem sie die beiden freudig begrüßt hatte.

»Soll ich dich begleiten?«, bot Meike an.

Doch Käthe winkte ab.

»Das schaff ich schon. Macht euch um mich mal keine Sorgen. Ich bin zwar nicht mehr die Jüngste, aber zum alten Eisen gehöre ich noch lange nicht.«

Und damit stakste sie davon und ließ mich mit zwei großen Problemen zurück.

Das eine stand direkt neben mir und das zweite war in Form der Backstube in Sichtweite.

»Wie gehen wir vor?«, fragte Fritzy und sah dabei konspirativ erst in meine und dann in Meikes Richtung.

Darüber hatte ich mir, ehrlich gesagt, noch gar keine Gedanken gemacht. Viel zu sehr war ich damit beschäftigt gewesen, mich erst mal zu beruhigen.

»Hinten im Hof kann man prima durch das große Fenster in die Backstube schauen. Wir müssen nur aufpassen, dass uns niemand erwischt.«

Es war kein ausgeklügelter Plan, den ich den Mädels präsentierte, aber offenbar waren die beiden nicht davon ausgegangen, dass ich bereits in Gänze über die weiteren Schritte nachgedacht hatte.

Im Grunde war ich mir nicht mal sicher, ob das alles hier einen Sinn ergab. Ole würde seine neue Flamme wohl kaum mit in die Backstube nehmen. Andererseits hatte er sich schon in aller Öffentlichkeit mit dieser Frau getroffen.

Erst jetzt fiel mir ein, dass ich Per hätte fragen können, ob er die Frau kannte, mit der er Ole gesehen hatte. Wobei ich davon ausging, dass er es mir dann gesagt hätte. Damit fiel Sandra schon mal raus. Eine gewisse Erleichterung machte sich in mir breit, auch wenn ich noch immer unter Schock stand.

Denn nur weil Ole sich nicht mit seiner Ex traf, hieß das noch lange nicht, dass er auch nichts mit einer anderen Frau hatte. Vielleicht handelte es sich bei ihr um eine Touristin, die zurück auf die Insel gekommen war und Oles Herz für sich gewinnen wollte.

»Dann probieren wir das.«

Fritzy nahm das Ruder in die Hand und bedeutete uns, ihr zu folgen. Dabei sahen wir uns zu allen Seiten um, als würden wir nicht nur in den Hinterhof gehen, um durch das Fenster zu schauen, sondern gleich einen Einbruch planen.

Sehr gewissenhaft gingen wir dabei jedoch nicht vor. Schließlich trug ich einen grellroten, äußerst auffälligen Mantel. Auch Fritzys und Meikes Kleidung war für unseren Einsatz nur bedingt geeignet. Besonders Meikes hohe Stiefel bereiteten mir Kopfzerbrechen. Das Klackern war fast lauter als das von Käthes Krücken, bei denen offenbar etwas mit den Gumminoppen nicht stimmte.

Es half alles nichts. Wenn ich nicht das Gefühl haben wollte, rein gar nichts in dieser Angelegenheit geschafft zu haben, dann sollte ich jetzt zusehen, endlich für neue Erkenntnisse zu sorgen.

»Bist du sicher, dass du das machen willst?«, fragte Meike und legte mir dabei ihre Hand auf die Schulter.

Noch konnte ich umkehren und die ganze Aktion abbrechen.

Meinem Freund nachzuspionieren war sicher nicht die feine englische Art. Allerdings hatte Ole sich mir gegenüber auch nicht gerade mit Ruhm bekleckert, indem er mich angelogen und sich mit einer anderen Frau getroffen hatte.

Nein, ich würde nicht den Rückzug antreten, sondern die Sache nun ein für alle Mal angehen. In früheren Beziehungen hatte ich mich oftmals geärgert, nicht frühzeitig gehandelt zu haben. Diesmal hatte ich es in der Hand, und ich würde aufdecken, was aufgedeckt werden musste. Egal, dass Weihnachten vor der Tür stand und ich womöglich als Single das Fest der Liebe begehen musste.

»Lasst uns nachsehen«, forderte ich meine beiden Freundinnen auf und ging ihnen voraus in Richtung Hinterhof der Bäckerei Hansen.

Auf leisen Sohlen schlichen wir uns wie Samtkatzen an. Sogar Meikes Stiefel erzeugten nur hin und wieder ein klackerndes Geräusch. Drei Engel für Charlie waren nichts gegen uns.

Dennoch mussten wir vorsichtig sein. Unweit des Fensters, an das wir jeden Moment gelangen würden, war eine Tür, durch die jederzeit jemand hinein- oder herausgehen konnte. Wir mussten wachsam bleiben, wenn wir nicht wollten, dass uns jemand auf die Schliche kam.

Der Duft von frischen Brötchen und Gebäck lag in der Luft. Mein Magen, der bislang sträflich vernachlässigt worden war, machte knurrend auf den Umstand aufmerksam, dass ihm die wohligen Düfte gerne in Form von Backwaren zugeführt werden durften. Und zwar schnell.

Anstatt seiner Aufforderung zu folgen, schlug ich mich bis zum Fenster durch und stellte mich ganz links hin, sodass ich gut hineinschauen konnte. Dabei hoffte ich inständig, nicht gesehen zu werden.

Meike und Fritzy reihten sich hinter mir ein. Gemeinsam schauten wir durch die große Scheibe ins Innere der Backstube. Auf den ersten Blick konnten wir niemanden erkennen. Der Raum war auch viel zu dunkel, als dass dort jemand ein Auge auf eine defekte Maschine werfen konnte.

Hatte Ole mich erneut angelogen, indem er behauptet hatte, er müsste noch mal schnell in die Bäckerei? War er am Ende mit dieser unbekannten Frau in ein Café zum

Frühstücken gegangen und wir drei machten uns hier zu Deppen?

Mein Magen knurrte abermals laut. Schließlich stand ihm das Frühstück viel mehr zu, wie er fand.

»Ich sehe rein gar nichts. Und ihr?«, sagte Meike, die sich ihre Nase mittlerweile an der Scheibe platt drückte und die Augen zudem noch von beiden Seiten abschirmte.

»Was möchtest du denn sehen, liebe Meike?«

Oles Stimme in meinem Rücken fühlte sich an wie eine eiskalte Dusche.

Meike, Fritzy und ich tauschten entsetzte Blicke, ehe wir uns zu Ole umdrehten.

»Hey, Ole! Schön, dich zu sehen«, plapperte Meike los, die sich als Erste von uns wieder gefangen hatte.

Ich taumelte noch immer zwischen Nervenzusammenbruch und Ohnmacht. Meine Beine fühlten sich so wacklig an, dass ich befürchtete, sie könnten mir jeden Moment den Dienst versagen.

Und wie durch ein Wunder: Sogar mein Magen war zur Abwechslung mal still.

Ole lachte.

»Du klingst fast so, als hättest du nicht erwartet, mich hier zu sehen.«

Da musste ich ihm leider recht geben. Meike wirkte zwar nach außen hin gefasst, schien jedoch auch so ihre Probleme damit zu haben, auf frischer Tat ertappt worden zu sein.

»Doch … Nein … Also im Grunde …«

Das war nicht gut. Das war ganz und gar nicht gut.

Oles Augen verengten sich zu immer schmaler werdenden Schlitzen, während er jede von uns eindringlich musterte.

»Ihr wolltet doch nicht bei uns einbrechen, oder?«

Wir starrten ihn mit angehaltenem Atem an, ehe sich seine Miene aufhellte, als wäre soeben die Gewitterwolke vorbeigezogen und ließe der Sonne freie Bahn. Als er plötzlich lauthals zu lachen begann, entspannten wir drei uns allmählich wieder. Auch wenn ich den plötzlichen Schock noch längst nicht verdaut hatte.

»Wir waren gerade in der Gegend. Und Leni meinte, du müsstest in der Backstube sein«, erläuterte Fritzy und ließ dabei ein paar entscheidende Details aus.

»Das trifft sich ja gut.«

Ole kam zu mir und küsste mich auf den Mund.

Ich war derart überrumpelt, dass ich vergaß, den Kuss zu erwidern.

»Ich wollte dich nämlich gerade anrufen, mein Schatz. Das mit der Maschine hat sich erledigt. Der Techniker konnte schon ein Auge darauf werfen und das Ersatzteil ist bestellt. Jetzt können wir nur hoffen, dass sie bis dahin noch durchhält. So eine gute Rührmaschine wird heute gar nicht mehr hergestellt. Mein Großvater hat die damals für viel Geld angeschafft. Und es würde mich freuen, wenn ich sie irgendwann meinen Kindern vererben könnte.«

Dabei zog er mich eng an sich.

»Ach, Mist! Jetzt hab ich mein Handy in der Bäckerei vorne vergessen. Ich bin gleich wieder zurück. Und dann können wir gerne etwas essen gehen.«

Wie auf ein unsichtbares Kommando hin begann mein Magen wieder zu knurren.

Ole grinste wissend.

»Also wie einer, der seine Freundin betrügt, sieht der nicht aus«, fasste Meike zusammen.

Da musste ich ihr recht geben.

»Aber wie sieht denn jemand aus, der seine Freundin betrügt?«, gab Fritzy zu bedenken.

Bedröppelt sahen wir drei uns reihum an. Da war guter Rat teuer.

»Wir wissen jetzt, dass wir nichts wissen«, fasste ich zusammen.

Meike und Fritzy ließen die Schultern hängen.

»Sieh es positiv!«, munterte Fritzy mich auf. »Wäre es dir lieber gewesen, du hättest Ole in flagranti erwischt?«

»Wer wurde in flagranti erwischt?«, fragte Ole just in diesem Moment und mir schoss abermals das Blut in den Kopf.

Wie schaffte es dieser Mann nur, im denkbar unmöglichsten Augenblick aufzutauchen?

»Ein Freund … aus München«, sprang Meike in die Bresche, da mir mal wieder die Worte fehlten.

»Genau«, bestätigte Fritzy.

»Das scheint aber kein netter Kerl zu sein«, schlussfolgerte Ole und sah mich dabei so eindringlich an, als wollte er anhand meines Blickes in Erfahrung bringen, wie gut ich den Mann kannte.

»Er ist nur ein flüchtiger Bekannter. Ein sehr flüchtiger Bekannter. Eine Kollegin von Fritzy war mal mit ihm zusammen. Stimmt's?«, reimte ich mir zusammen und knuffte sodann meine Freundin in die Seite, damit sie meine kreativen Ausführungen bestätigte.

»Genau. Sehr flüchtig. Kaum der Rede wert«, beeilte sie sich schließlich zu sagen und wirkte dabei leider kein bisschen überzeugend.

Meike und ich lächelten gequält, während Ole noch zu überlegen schien, was er von alldem hier halten sollte.

Mittlerweile musste es in seinen Augen so aussehen, als hätte ich diesen Mann doch viel besser gekannt, als ich bereit war einzugestehen. Ich mochte mir gar nicht vorstellen, was er sich gerade in seinem Kopf alles zusammenreimte. Dabei war doch ich diejenige, die ihm nachspionierte, weil sie glaubte, Ole wäre ebenfalls kein netter Kerl, um es mit seinen Worten zu sagen.

»Ich muss jetzt leider los. Fritzy, kommst du mit? Wir müssen doch noch … Weihnachtsgeschenke besorgen. Du erinnerst dich?«, meinte Meike und wirkte dabei leider auch äußerst fahrig und beunruhigt.

»Oh, ja! Na klar. Die Weihnachtsgeschenke. Wir müssen dringend los, ihr zwei Turteltäubchen. Ich hoffe, wir sehen uns bald wieder mal. Vielleicht zu einem Scrabble-Abend.«

Ein guter Vorschlag. Hoffentlich hatte ich bis dahin gänzlich wieder zu meiner Sprache zurückgefunden. Wünschenswert wäre es.

»Was ist denn heute mit den beiden los? Die haben so … ertappt gewirkt. Genau. Das ist das richtige Wort.«

Schulterzuckend und bemüßigt lächelnd stand ich vor Ole, ohne recht zu wissen, was ich darauf antworten sollte.

Als wir ein paar Schritte gegangen waren, meinte er: »Und dieser Typ aus München, mit dem hatte Fritzy was, oder? Sie hat so betroffen gewirkt. Warte mal!« Dann hielt er in der Bewegung inne. »Sie war doch hoffentlich nicht diejenige, mit der der Kerl erwischt wurde.«

Ole klang bestürzt und gleichzeitig fassungslos.

»Nein! Ganz sicher nicht!« Schnell nahm ich meine Freundin in Schutz.

Am Ende glaubte Ole wirklich noch, dass eine von uns in flagranti mit jemandem erwischt worden war.

Wie hatte eine harmlose Observation nur derart schiefgehen können?

»Zum Glück! Ich möchte mir nicht ausmalen, wie Fiete darauf reagieren würde, wenn er davon erführe. Er liebt seine Fritzy genauso sehr wie ich dich.«

Ole küsste mich auf die Nasenspitze, ehe er den Weg fortsetzte.

»Was wollen wir denn jetzt machen? Erst eine Kleinigkeit essen und dann ins Robbenzentrum? Ich war schon eine Ewigkeit nicht mehr dort. Leni?«

Ole war bereits ein paar Schritte gegangen, während ich nach wie vor an Ort und Stelle verharrte, unfähig, mich zu rühren.

Reagierte ein Mann, der seine Freundin betrog, dermaßen abgeklärt? Das konnte doch nicht sein. Oder? Aber wieso hatte er mich dann angelogen?

Kapitel 9

»So geht das nun wirklich nicht«, jammerte Frau Gottschlich schon nach der ersten Strophe von *Stille Nacht, heilige Nacht*.

Auch mir war nicht entgangen – wie offenbar so ziemlich jedem außer Fritzy –, dass meine liebste Freundin mal wieder äußerst schief sang. Dabei war sie so laut, dass man sie ausgezeichnet hören konnte. Was in diesem Fall kein gutes Kriterium war.

»Wir sollten uns vielleicht alle noch ein wenig aufwärmen«, schlug ich vor.

Meike lächelte mir aufmunternd zu.

»Also ich bin bereit«, rief Fritzy euphorisch, machte dabei Dehnübungen, wie um sich für einen Marathon aufzuwärmen, und erntete dafür ein genervtes Augenrollen aus Frau Gottschlichs Richtung.

Ich atmete mehrmals tief ein und wieder aus und hoffte dabei auf die entspannende Wirkung. Ohne Erfolg.

»Das bringt doch alles nichts«, erwiderte Frau Gottschlich.

Ein zustimmendes Raunen ging durch die Reihen. Offenbar waren die übrigen Chormitglieder auch nicht sonderlich erpicht darauf, einen Schritt zurückzumachen.

Und ich konnte sie gut verstehen. Heute war die vorletzte Probe. Entweder es geschah ein Wunder und Fritzy konnte über Nacht die richtigen Töne treffen oder aber ich musste mit meiner Freundin sprechen.

Irgendetwas sagte mir, dass Letzteres wohl der bessere Weg war und Wunder nur dann geschahen, wenn man nicht mit ihnen rechnete.

»Falls Sie sich der Herausforderung nicht gewachsen sehen, Frau Gottschlich, ist Ihnen niemand böse, wenn Sie an dem Auftritt nicht teilnehmen.«

Fritzys Worte ließen nicht nur meinen Mund, sondern auch den von Frau Gottschlich sperrangelweit offen stehen.

»Wie bitte?«, fragte Frau Gottschlich, einem Herzinfarkt nahe.

Ihre Gesichtsfarbe hatte sich in der Zwischenzeit unnatürlich rot verfärbt. Auch auf die Entfernung hin konnte ich die pulsierende Schlagader an ihrem Hals gut erkennen.

»Fünf Minuten Pause«, rief ich einer Eingebung folgend so laut, dass sich der Pulk vor mir augenblicklich auflöste.

Fritzy und Meike kamen zu mir, während Frau Gottschlich noch immer an Ort und Stelle stand und ungläubig mit dem Kopf schüttelte.

»Was hat die alte Schreckschraube nur? Die scheint es nicht gut zu verkraften, dass neue Mitglieder im Chor singen. Hatte sie damit in der Vergangenheit auch so ihre Probleme?«, fragte mich Fritzy prompt.

»Probleme?«, wiederholte ich, ehe ich eine Idee hatte. »Oh, ja. Sie tut sich schrecklich schwer mit Veränderungen.«

»Dann sollte mal jemand mit ihr darüber sprechen. Es kann nicht sein, dass sie ihre Unsicherheit an anderen auslässt. Ein Chor lebt doch von seinen Mitgliedern. Ich werde gleich mal zu ihr rübergehen.«

Dieser Schuss war wohl gewaltig nach hinten losgegangen.

»Nein, besser nicht. Sie hat … was am Herzen und darf sich nicht aufregen«, behauptete ich in der Hoffnung, Fritzy noch mal von ihrem Vorhaben abzubekommen.

Für gewöhnlich blieb sie bei solchen Dingen hartnäckig und an der Fährte dran wie ein Trüffelschwein.

»Aber findest du nicht, man sollte …«, hob Fritzy abermals an.

»Fritzy, Leni hat hier die Leitung. Wir sollten auf sie hören, finde ich. Sonst sind wir keinen Deut besser als Frau Gottschlich«, sprang Meike mal wieder für mich in die Bresche.

Das wurde allmählich zur Gewohnheit.

Fritzy sah von Meike zu mir und wieder zu Meike.

»Wahrscheinlich habt ihr recht. Ich finde es dennoch nicht gut, wie sie sich neuen Mitgliedern gegenüber verhält. Auf diese Weise kann der Chor nur verlieren. Und längerfristig gesehen sollte man die Gefühle von Frau Gottschlich, herzkrank hin oder her, nicht über alles stellen.«

»Die fünf Minuten sind um«, vermeldete Frau Gottschlich prompt, pünktlich wie ein General.

Besonders erholsam waren sie nicht gewesen, auch wenn ich das Schlimmste noch mal abwenden konnte. Oder besser gesagt: Meike hatte es abwenden können.

Seufzend nahm ich meine Position ein und sammelte mich einen Moment. Als wir abermals zu singen anhoben, spürte ich Frau Gottschlichs bohrenden Blick auf mir und hörte Fritzys schiefe Stimme.

Ob mir vielleicht doch jemand ein Wunder zuspielen könnte? Vielleicht so unter der Hand? Ich würde es auch mit Sicherheit keinem verraten.

Kapitel 10

»Per? Per? Ich wollte einen Cappuccino und zwei Pharisäer. Du hast mir drei Glühwein und einen Sekt hingestellt. Was ist los mit dir?«

Gerade noch hatte ich gehofft, Per hätte die Trennung von seinem Ex Samuel endlich verwunden, da schien mein Mitarbeiter neuerlich gänzlich entrückt.

»Was? Oh, tatsächlich. Wie komme ich bloß auf die Zusammenstellung? Tut mir schrecklich leid, Leni. Ich werde mich jetzt konzentrieren.«

»Das wäre gut, Per. Das Haus ist brechend voll. Auch draußen sind alle Stehtische belegt. Wenn das so weitergeht, dann haben wir in spätestens einer Stunde weder Kuchen noch sonstiges Gebäck zur Auswahl.«

Der heutige Sonntag war so ziemlich das Krasseste, was ich in meiner Zeit hier im *Föhrliebt* erlebt hatte. Seit der Öffnung im Sommer schienen jede Woche neue Gäste dazuzukommen. Aber auch die alten blieben. Was mich richtig freute, zusehends aber dafür sorgte, dass ich noch händeringender nach einer Aushilfskraft suchte. Vor allem, da Per mal wieder mächtig abgelenkt wirkte. Warum auch immer.

»Es ist nur … Jasper ist gestern nach Hause gefahren. Er kommt erst in drei Monaten zurück. Ich weiß einfach nicht, wie ich die Zeit bis dahin durchstehen soll.«

Pers blickte mich mit einem verträumt-melancholischen Blick an.

Für gewöhnlich hatte ich stets größtes Verständnis für seinen Liebeskummer. Zumindest dann, wenn die Hütte nicht brannte. Und heute stand sie lichterloh in Flammen. Im übertragenen Sinne, verstand sich.

»Per, ich kann das gut nachempfinden. Glaub mir, auch bei mir ist nicht immer alles rosig in der Beziehung mit Ole.«

Per machte große Augen und legte dabei seine Unterarme auf den Tresen, während er mit seinen Händen nach meinen griff.

»Oje, gibt es Ärger im Paradies? Du weißt, dass ich immer ein offenes Ohr für dich habe«, beeilte er sich zu sagen.

»Nein, es ist nur … nicht leicht«, erwiderte ich schnell, während ich bereits bereute, Per gegenüber so offen über Ole und mich gesprochen zu haben.

So gern ich ihn mochte, es ging ihn nichts an, dass es bei uns unter Umständen ein wenig kriselte. Schließlich war ich mir selbst nicht sicher, was eigentlich nicht stimmte. Also war es unangebracht, meinem Mitarbeiter gegenüber Zweifel offen zu äußern.

»Als ich Ole vor knapp einer Woche mit dieser Frau vor dem Café gesehen habe, habe ich mich unweigerlich gefragt, ob bei euch noch alles in Ordnung ist. Versteh mich bitte nicht falsch, Leni. Aber die beiden haben wie alte Bekannte geschäkert und die Frau hat ihn dabei regelrecht angeschmachtet.«

Too much information, schoss es mir blitzartig durch den Kopf.

Das Letzte, was ich im Moment gebrauchen konnte, waren noch mehr Details über das Zusammentreffen von Ole und dieser ominösen Frau. Schließlich hatte er mir gegenüber nach wie vor nicht erzählt, dass er sich mit jemandem getroffen hatte. Und in der Zwischenzeit war ich dazu übergegangen, der Sache nicht mehr Bedeutung beizumessen als unbedingt nötig. Wenn ich Per nun jedoch so reden hörte, fing das Kopfkino von Neuem an.

»Kennst du sie denn?«, fragte ich ihn unumwunden das, was ich ihn bereits in Dunsum hätte fragen sollen.

Im Laufe der Woche war ich jedoch zu dem Schluss gekommen, dass es besser war, nicht weiter Energie in die Angelegenheit zu stecken. Schließlich konnte es für alles eine harmlose Erklärung geben. Und Ole hatte sich in den vergangenen Tagen redlich um mich bemüht.

Wir waren ins Kino gegangen und hatten außerhalb zu Abend gegessen. Ich konnte mich nicht mal daran erinnern, wann das das letzte Mal der Fall gewesen war. Ole hatte sich dafür extra erst zwei Stunden später schlafen gelegt, nämlich erst gegen einundzwanzig Uhr.

Gut möglich, dass das nur sein schlechtes Gewissen war, meldete sich meine innere Stimme zu Wort, die immer mal wieder dazwischenfunkte, wenn ich mich gerade mit dem Gedanken angefreundet hatte, dass doch alles gut in unserer Beziehung war.

»Wo bleiben denn die Getränke? Wir haben vor knapp dreißig Minuten bestellt.«

»Kann ich bitte mal zahlen? Ich warte schon seit einer Ewigkeit darauf, dass jemand zu uns an den Tisch kommt.«

Die Stimmen übertönten das monotone, laute Rauschen, das den Raum erfüllte.

»Ich komme sofort«, beschwichtigte ich die Gemüter, wandte mich dann aber wieder Per zu.

Diese Sache musste ein für alle Mal geklärt werden, wenn ich heute nicht wieder die halbe Nacht wach liegen und die Decke anstarren wollte.

»Ich mache mal eben schnell die Getränke fertig«, ereiferte sich Per und wollte sich schon vom Tresen in Richtung Kaffeemaschine bewegen, als ich ihn an der Hand packte und davon abhielt.

»Beantworte mir erst meine Frage.«

Per blickte von seiner Hand zu meinen Augen und sah die Entschlossenheit darin.

»Ich kenne sie nicht. Tut mir leid! Sie wirkte wie eine Touristin auf mich.«

Bei Pers Worten zog sich mein Magen schmerzvoll zusammen.

Also doch!

»Was ist denn nun mit meiner Bestellung?«

»Das möchte ich auch wissen.«

»Ich würde gerne erst mal bestellen. Wo bleibt die Bedienung?«

Per machte sich ans Werk, um die vielen hungrigen und durstigen Gäste glücklich zu machen, während ich wie in eine Art Trance verfiel. Ich spürte die lähmende Kraft des Zweifels. Spürte, dass die Hoffnung der vergangenen Tage nur ein Trugbild war. Ich hatte mich lieber versteckt, anstatt mich den Tatsachen zu stellen.

»Leni? Ist dir nicht gut? Leni?«

»Was?«

Per kam um den Tresen herum, setzte mich auf einen der Barhocker, nahm dann mein voll beladenes Tablett und verteilte die Bestellungen an den einzelnen Tischen.

Mir kam das alles so vor, als wäre ich im Kino und würde mir einen Klassiker auf der Leinwand ansehen. Überhaupt hatte ich das Gefühl, nicht mehr wirklich da zu sein.

In meinem Kopf drehte es sich unablässig. Die Gedanken sprangen von hier nach da.

»Leni, was ist denn los?«, fragte mich Per schließlich, als die drängendsten Nachfragen abgearbeitet waren.

»Ole, ich … ich glaube, er hat … Ich weiß nicht, aber ich …«

Es fiel mir nicht leicht, Per gegenüber meinen Verdacht zu äußern.

»Was hat er? Ist etwas passiert? Hatte er einen Unfall? Leni, nun sag doch schon!«

Per war plötzlich außer sich.

Ich schüttelte den Kopf.

»Ich glaube, er hat eine andere«, erwiderte ich schließlich, woraufhin er mich noch eine Spur eindringlicher ansah.

Doch dann reagierte er völlig anders, als ich es erwartet hätte. Anstatt mich in den Arm zu nehmen und zu trösten, lachte er laut los.

»Ole? Nie im Leben, Leni. Der liebt dich. Wenn der was mit einer anderen Frau haben sollte, fresse ich einen Besen.«

Völlig überfordert von der Situation saß ich auf dem Barhocker und versuchte, all den Lärm auszublenden, um mich auf Per zu konzentrieren.

Die Anlage spielte *All I Want for Christmas* von Mariah Carey und die Menge sang mit. Die Stimmung war ausgelassen. Trotz oder gerade wegen der verspäteten Getränke- und Essensbestellungen. Lautes Lachen war zu hören, ebenso wie das wirre Durcheinander, das entsteht, wenn viele Menschen gleichzeitig reden.

»Du meinst also, dass er nicht … Aber die Frau …«, hob ich an.

Nun war es zur Abwechslung mal an Per, den Kopf zu schütteln.

»Die beiden haben in keiner Weise vertraut miteinander gewirkt. Warum fragst du ihn denn nicht selbst? Die meisten Missverständnisse dieser Welt räumt man aus, indem man darüber spricht. Glaube mir, ich weiß, wovon ich rede.«

Per zwinkerte mir vielsagend zu, während ich über seine Worte nachdachte und ihm von Oles Lüge berichtete.

Daraufhin verengten sich seine Augen ein wenig. Auf seiner Stirn bildeten sich wellenförmige Linien.

»Das ist natürlich merkwürdig. Aber ich bin mir sicher, dass es auch dafür eine einfache Erklärung gibt. Ich meine, das ist schließlich Ole und nicht irgendein Playboy. Der Typ ist bodenständig, hat in seinem ganzen Leben noch für keinen Skandal gesorgt und trägt dich auf Händen. Der Mann würde alles für dich tun. Warum sollte er dich dann bitte schön hintergehen? Das ergibt doch überhaupt keinen Sinn.« Per blieb beharrlich bei seiner Meinung.

Eindeutig noch jemand für Team Ole.

Aber seine Zuversicht beruhigte mich ein wenig, auch wenn ich mir nach wie vor keinen rechten Reim darauf machen konnte, warum Ole mir von dem Treffen mit der Frau nicht erzählt hatte.

Vielleicht sollte ich mir Pers Vorschlag zu Herzen nehmen und Ole tatsächlich fragen, wer diese Frau war. Allerdings müsste ich ihm gegenüber dann eingestehen, dass ich von dem Treffen wusste. Und von seiner Lüge. Außerdem war ich mir nicht sicher, ob ich mich der Endgültigkeit seiner Antwort stellen wollte.

Jetzt konnte ich mich noch in meine Seifenblase zurückziehen und mir selbst vorgaukeln, alles wäre in bester Ordnung. Sobald ich Klarheit hatte, hatte ich zwar Gewissheit, aber womöglich auch ein gebrochenes Herz.

Ein gebranntes Kind scheut das Feuer, hieß es. Und im Moment fühlte ich mich nicht anders.

»Wenn ich nicht gleich meinen Kuchen bekomme, dann kann ich für nichts garantieren«, hörte ich eine übellaunige Männerstimme rufen.

»Wir sollten wohl mal besser weitermachen. Das klang ziemlich bedrohlich«, meinte Per.

»Das kannst du aber laut sagen.«

»Geht's wieder?«, hakte er nach und half mir dabei vom Hocker runter.

»Ja, danke. Ich denke, es wird das Beste sein, wenn ich mit ihm rede.«

Per nickte mir zustimmend zu, ehe er an die Kuchenvitrine ging und zwei Stücke von der Vanillekipferl-Torte abschnitt.

Als der letzte Gast endlich gegangen war, konnte ich kaum noch auf den Füßen stehen, und ich musste ständig gähnen, weil ich unendlich müde war.

Ein voller runder Mond empfing mich, als ich das *Föhrliebt* abschloss und nach Hause ging. Per verabschiedete sich von mir, dann war da nur noch die Stille und das merkwürdig kribbelnde Gefühl in meinem Bauch, das sich eingestellt hatte, nachdem ich mir vorgenommen hatte, mit Ole zu reden. Mit Sicherheit schlief der jedoch schon. Ich würde heute Nacht mit ihm aufstehen müssen.

Viel zu lange hatte ich die Angelegenheit aufgeschoben. Es war an der Zeit, offen anzusprechen, was mich belastete. Egal, welche Konsequenzen das haben würde. Ich brauchte Gewissheit.

Der Wind wehte eisig um die Häuser, rüttelte an Obstbäumen, die ihre Blätterpracht längst verloren hatten, und heulte hie und da gespenstisch auf. Nach wie vor war keine einzige Schneeflocke vom Himmel gefallen, seit ich auf der Insel war. Dabei hatte ich mich so sehr darauf gefreut, Föhr unter einer weißen Zuckerdecke begraben zu sehen. Ob es mir wohl in diesem Jahr noch vergönnt sein würde?

Mit diesen und ganz ähnlichen Gedanken setzte ich meinen Weg Schritt für Schritt ein wenig zuversichtlicher fort.

Per hatte recht gehabt. Es war an der Zeit, offen darüber zu reden, was mich bedrückte. Unsere Beziehung würde das aushalten. Und für das Treffen mit der Unbekannten gab es am Ende sicher eine einfache Erklärung.

Gut möglich, dass es sich bei ihr um eine Vertreterin handelte.

Aber warum hat er dann behauptet, an diesem Vormittag geschlafen zu haben? Ungefragt mischte sich meine innere Stimme ein, die offenbar nach wie vor noch nicht überzeugt war.

Ich schenkte ihr kein Gehör, sondern bog um die nächste Kurve und bemerkte das Licht in unserer Wohnung. Das war merkwürdig. Ole müsste jetzt eigentlich schlafen, damit er um zwei Uhr zur Arbeit konnte.

Als ich mich dem Haus näherte, hörte ich Stimmen. Eine weibliche und eine männliche. Sie klangen dumpf und unverständlich, sodass ich nicht hören konnte, was sie miteinander sprachen. Dann verstummten sie plötzlich.

Sehen konnte ich niemanden. Das Licht der Straßenlaterne blendete mich.

Der Wind trieb mich voran in Richtung Haustür, vor der zwei Gestalten standen. Die eine entfernte sich eilig, die andere ging wieder ins Haus.

Mein Herz schlug mir bis zum Hals, während ich innerlich betete, dass es nicht Ole war, den ich gleich im hellen Schein der Treppenhausbeleuchtung erkennen würde.

Ich wagte keinen weiteren Schritt in Richtung Haus, wartete ab, was ich gleich sehen würde. Schließlich gab es noch drei andere Wohnungen. Es konnte auch ein Nachbar gewesen sein. Oder jemand war zu Besuch gekommen.

Es gab so viele Möglichkeiten, so viele Alternativen, es musste nicht Ole sein, der sich dort vor dem Haus gerade mit einer Frau unterhalten hatte. Nein, er musste es nicht sein.

Doch als ich den Mann am Treppenhausfenster erblickte, hatte ich Gewissheit.

Gemütlichen Schrittes ging Ole nach oben. Sein lässiger Gang verriet mir, dass er zufrieden mit sich und der Welt war. Dann verschwand er in unserer Wohnung und ging ins Schlafzimmer, als wäre nichts gewesen.

Kapitel 11

Entschuldige bitte.«

Meike gähnte gerade zum dritten Mal. Es war bereits weit nach Mitternacht. Gut möglich, dass es schon auf ein Uhr zuging.

Seit ich Ole mit dieser fremden Frau gesehen hatte, stand ich völlig neben mir. Ein wie auch immer geartetes Zeitgefühl war mir dabei gänzlich abhandengekommen.

»Soll ich dir einen Tee machen?«, fragte Fritzy und strich mir sanft über den Arm.

Ich schüttelte mechanisch den Kopf.

Weder konnte ich mir vorstellen, etwas zu essen, noch etwas zu trinken. Dafür war mir viel zu schlecht.

»Hast du mit Ole über das geredet, was du vorhin gesehen hast?«, wagte Meike schließlich einen Vorstoß und legte dabei die Decke, die für gewöhnlich das Couchende zierte, über mich.

Erst jetzt bemerkte ich, wie ich zitterte.

»Ich habe Ole gesagt, ich wäre müde, und bin gleich ins Bett verschwunden. Erst als er in die Backstube aufgebrochen ist, bin ich aus dem Schlafzimmer gekommen und habe euch angerufen«, fasste ich die Begebenheiten der letzten Stunden zusammen und klang dabei, als handelte es sich nicht um mich, über die ich da sprach.

»Hast du denn sehen können, mit wem er vor dem Haus gesprochen hat?«

Ich schüttelte den Kopf.

»Es könnte doch auch einfach eine Nachbarin gewesen sein, die etwas gebraucht hat. Vor ein paar Tagen war die verwirrte Frau Fleischmann bei mir, weil der Postbote einen Brief bei ihr eingeworfen hat, der gar nicht an sie adressiert war. Ich habe ihr dann versichert, dass ich mich um den Brief kümmern würde. Zwei Tage später stand sie wieder vor mir und erklärte mir, dass sie selbst zur Post müsse und den Brief mitnehmen könnte. Sie wirkte ein wenig verunsichert. Ich befürchte, die Ärmste wird zunehmend dementer. Sie wusste nicht mehr, dass ich den Brief für sie … Aber das tut jetzt nichts zur Sache. Was ich eigentlich damit sagen wollte: Es könnte doch durchaus sein, dass es einen simplen Grund dafür gibt, dass Ole sich mit einer Frau vor eurem Haus unterhält.«

Meike sah mich aufmunternd an.

»Ich weiß einfach nicht mehr, was ich noch glauben soll. Heute Abend war ich fest entschlossen, ihn auf das Treffen vor dem Café anzusprechen. Ihr wisst, welches ich meine. Und dann das. Als wäre es ein Zeichen.«

»Sobald du dich ein wenig gesammelt hast, solltest du mit Ole reden. Das führt so zu nichts. Alles, was wir anbringen können, sind bloße Spekulationen. Und die tun weder dir gut noch werden sie Ole gerecht. Vielleicht ist er vollkommen unschuldig und wir denken hier das Schlimmste von ihm.«

Fritzy ergriff abermals Partei für ihn.

Einerseits war ich ihr dankbar dafür, da sie den Mut nicht verlor. Andererseits fühlte ich mich als Freundin verraten, weil sie nicht zu mir hielt, sondern für einen Mann einstand, den sie erst wenige Monate kannte.

»Das Beste wird sein, du legst dich jetzt erst mal hin und versuchst, ein wenig Schlaf zu finden. Morgen früh, wenn er aus der Backstube zurück ist, kannst du dann mit Ole sprechen«, redete Meike mir gut zu.

»Danke, dass ihr gekommen seid«, sagte ich und nahm Meike und Fritzy nacheinander in die Arme.

Als sie sich verabschiedet hatten, verspürte ich doch das Bedürfnis, etwas Warmes zu trinken, und ging in die Küche. Ein Tee war jetzt genau das Richtige. Im Hängeschrank über der Spüle war eine ganze Palette von verschiedenen Teemischungen. Ole hatte sich schon das ein oder andere Mal deswegen lustig über mich gemacht. Vor allem, da ich nur selten einen trank.

Aber im Supermarkt hatte ich ständig das Bedürfnis, eine der neuen Mischungen mitzunehmen, um sie zu Hause in aller Ruhe zu probieren. Meist schmeckten sie dann nicht halb so gut, wie sie rochen. Wegschmeißen wollte ich den Rest der Packung aber auch nicht, also parkten sie hier im Schrank und fristeten ein eher unrühmliches Dasein.

Auf Apfel-Hibiskus-Granatapfel fiel meine heutige Wahl. Der Duft überzeugte und an den Geschmack konnte ich mich schlichtweg nicht mehr erinnern.

Das Wasser im Wasserkocher war so weit. Nachdem ich auch eine Tasse aus dem Schrank geangelt hatte, überbrühte ich die Mischung und sog den Geruch fest in meine Lungen. Wohltuend. Und aromatisch.

Als ich den Teebeutel nach der vorgeschriebenen Zeit in den Abfalleimer werfen wollte, fiel mir ein kleiner zerknitterter Zettel auf. Das Papier war rosa. Ich war mir sicher, dass es nicht aus unserer Wohnung stammte. Und rosafarbenes Papier gab es in der Bäckerei sicher auch nicht.

Mein Herz beschleunigte seinen Schlag. Das Rauschen pulsierte in meinen Ohren. Wie in Zeitlupe bewegten sich meine Finger auf den Zettel zu. Als ich ihn schließlich zwischen den Fingern hatte, zitterte meine Hand so sehr, dass mir das Papier gleich wieder aus den Händen fiel. Erst der zweite Versuch glückte.

Die dampfende Tasse Tee wartete auf dem Tisch darauf, dass ich einen Schluck trank, während der Zettel neben ihr lag. Noch immer hatte ich es nicht gewagt, das zerknüllte Papier auseinanderzufalten. Welche Nachricht würde mich erwarten? Wollte ich überhaupt wissen, was dort geschrieben stand?

Mir wurde plötzlich so schlecht, dass ich das Gefühl hatte, mich gleich übergeben zu müssen. Gleichzeitig wusste ich, dass ich mich dem Ganzen jetzt stellen musste, wenn ich nicht noch Ewigkeiten leiden wollte.

Also fasste ich ein Herz, glättete das Papier und las seinen Inhalt.

»10.12., 22 Uhr, Traumstraße 8.«

Mehr war darauf nicht notiert.

Mein Blick glitt hinüber zum Kalender. Heute, oder besser gesagt gestern, war der 10.12. Und in der Traumstraße 8 wohnten wir. Die Handschrift war so ordentlich und voller Schnörkel, dass sie nur von einer Frau stammen konnte.

Was hatte das alles bloß zu bedeuten?

Ich nahm einen Schluck aus der Tasse vor mir. Der Geschmack konnte mich mal wieder nicht überzeugen. Leider. Vielleicht sollte ich damit beginnen, die Sorten auszusortieren.

Versonnen sah ich hinüber zum Hängeschrank, in dem sich all die Teesorten befanden, von denen ich mich nicht hatte trennen können, obwohl sie mir nicht schmeckten. Waren die vielen Teemischungen am Ende ein Sinnbild für mein Leben? Sollte ich nicht besser damit beginnen, mehr auszumisten, um nicht ständig unnötigen Ballast mit mir herumzuschleppen?

Und dann tat ich etwas, was ich noch nie getan hatte. Ich ging hinüber zu dem Schrank, öffnete die Tür, nahm all die Teepackungen heraus, die mir nicht geschmeckt hatten, und warf sie in den Müll. Ebenso wie den rosafarbenen Zettel, der noch bis vor wenigen Sekunden auf dem Küchentisch gelegen hatte.

Als alles im Eimer gelandet war, verspürte ich eine plötzliche Genugtuung. Und Erleichterung. Es fühlte sich gut an, den Ballast, der einem zusetzte, loszuwerden. Gleichzeitig wusste ich jedoch, dass der eigentliche Ballast schwer auf meiner Seele lag. Bis ich diesen nicht entfernt hatte, würde ich nicht zur Ruhe kommen. Also fasste ich einen Entschluss.

Kapitel 12

»Wieso konntest du denn noch nicht mit Ole reden?«, fragte mich Meike überrascht, während sich die Mitglieder des Chors zur Generalprobe vor dem großen Adventssingen einfanden.

Meine Anspannung war auf ein Maximum angewachsen. Fritzy würde jeden Augenblick dazustoßen und dafür sorgen, dass noch mehr Unruhe in mein Leben kam, als ohnehin schon da war.

»Ole kam wegen dieser blöden Maschine heute Morgen erst so spät nach Hause, dass ich bereits ins *Föhrliebt* musste. Am Nachmittag bin ich dann kurz in die Wohnung gelaufen, nur um festzustellen, dass Ole unterwegs war. Er musste noch etwas für die Bäckerei besorgen, meinte er. Tja, und jetzt bin ich hier bei der Probe, während Ole sich hinlegt und bis zwei Uhr nachts schläft. Es hat sich einfach noch nicht ergeben. Auch wenn ich wirklich alles daransetzen würde, endlich zu erfahren, was da hinter meinem Rücken gespielt wird.«

Mit jeder weiteren Silbe hatte ich mich derart in Rage geredet, dass ich befürchtete, jemand könnte etwas von unserer Unterhaltung mitbekommen haben. Ein Blick in die Reihen der umstehenden Menschen schenkte mir jedoch die Gewissheit, dass wir den anderen ziemlich egal waren.

Ich schnappte Gesprächsfetzen auf vom bevorstehenden Weihnachtskochmarathon und den unzähligen Geschenken, die noch organisiert, verpackt oder verschickt werden mussten. Eine Dame, die ich nicht näher kannte, beschwerte sich zudem darüber, dass die Feiertage in diesem Jahr äußerst arbeitnehmerunfreundlich lagen. Dabei war die Gute vermutlich bereits seit zwanzig Jahren in Rente.

»Hab ich was verpasst?«, rief Fritzy so laut durch die Kirche, dass die Stimmen der übrigen Chormitglieder für einen Moment verstummten.

Doch Fritzy schien das nicht zu bemerken. Zielstrebig hielt sie auf uns zu, während ich ihr kopfschüttelnd signalisierte, dass es nichts Neues zu erzählen gab.

»Gut siehst du aus«, meinte sie dann noch. »Also wenn man bedenkt, wie deine Nacht gewesen sein muss …«

»Ich habe den Teeschrank ausgemistet«, warf ich ein und ließ diese Bemerkung unkommentiert im Raum stehen.

»Wir sollten dann mal langsam beginnen«, merkte Frau Gottschlich an und tippte mahnend auf ihre Armbanduhr.

Ich spürte bereits, wie sich alles in mir gegen die Probe wehrte. Am liebsten hätte ich diesen Termin heute ausfallen lassen. Aber es war der letzte vor dem großen Event. Sosehr ich es auch gewollt hatte, ich konnte die übrigen Mitglieder nicht einfach im Stich lassen. Das hatten sie nicht verdient. Und Käthe hatte mir mit der Leitung des Chors so viel Vertrauen zugesprochen. Da wollte ich ihr nicht das Gefühl geben, die falsche Entscheidung getroffen zu haben.

»Wir starten heute mit *Süßer die Glocken nie klingen*«, entschied ich.

Ob es wirklich eine gute Idee war, ausgerechnet mit diesem Lied zu beginnen, würde sich gleich herausstellen.

»Bevor es losgeht, Leni, muss ich dir leider sagen, dass ich heute nicht mitsingen kann. Mein Hals tut mir weh. Ich möchte meine Stimme für das Adventssingen schonen«, erklärte mir Fritzy mit bekümmerter Miene. »Ich hoffe, du bist mir nicht böse.«

Ich winkte ab.

»Gesundheit geht immer vor. Magst du dich dann vielleicht in die Bank setzen und uns zuhören?«, schlug ich vor.

Fritzy nickte eifrig.

Die nächsten neunzig Minuten waren tatsächlich so etwas wie eine Erholung für mich und meine Seele. Die harmonischen Klänge des Föhrer Chors erfüllten das komplette Kirchengebäude. Eine wohlige Wärme war zu spüren. Ein Hauch von Weihnachten lag in der Luft, auch wenn ich in meinem Privatleben noch sehr weit davon entfernt war.

»Vielen Dank für diese ausgesprochen gute Generalprobe«, sagte ich am Ende, um der Gruppe zu signalisieren, dass wir uns vor dem großen Adventssingen am Wochenende nicht sorgen mussten.

»Pah, eine gelungene Generalprobe ist nie ein gutes Zeichen. Das sollten Sie eigentlich wissen«, blaffte Frau Gottschlich mich offen an.

Die Frau hatte offenbar etwas gegen mich. Anders konnte ich ihre ständigen Sticheleien nicht deuten.

»Ich bin mir sicher, dass der Auftritt des Chors wunderbar werden wird«, gab Fritzy mir von hinten Schützenhilfe.

Frau Gottschlich winkte ab.

Die übrigen Mitglieder enthielten sich der Diskussion, packten ihre Noten zusammen, zogen ihre Mäntel über und verließen nach und nach die Kirche.

»Lass dich von der nicht ärgern«, meinte Meike, als sie sich aus dem Pulk gelöst und zu Fritzy und mir herübergekommen war.

»Ist nicht so einfach«, erwiderte ich und versuchte mir dabei nicht anmerken zu lassen, wie sehr mich die ständigen Anfeindungen der Frau ärgerten.

Schließlich war ich nicht ganz freiwillig auf dem Posten der Leitung gelandet. Käthe hatte es sich so gewünscht. Nur offenbar war Frau Gottschlich mit dieser Entscheidung nicht einverstanden.

»Vielleicht solltest du mal mit ihr reden«, schlug Fritzy schulterzuckend vor.

»Ja, das ist wahrscheinlich sogar bitter nötig. Zumindest dann, wenn ich nicht Gefahr laufen will, am Adventssingen vor Hunderten von Leuten von ihr zurechtgewiesen zu werden. Und glaubt mir, darauf habe ich so gar keine Lust.«

Meike nickte verstehend.

»Am besten, ich erledige das gleich.«

Es war an der Zeit, sich den unangenehmen Dingen in meinem Leben zu stellen, wenn ich nicht länger darunter leiden wollte. Und Frau Gottschlich zählte ich definitiv dazu. Ich wollte nicht mehr der Prellbock für ihre schlechte Laune sein. Wenn sie ein Problem mit mir hatte, dann sollte sie mir das ins Gesicht sagen.

»Frau Gottschlich, haben Sie einen Moment für mich?«

Mit dem Rücken mir zugewandt stand sie da und kramte dabei in ihrer Handtasche, die sie auf der letzten Kirchenbank abgestellt hatte.

»Worum geht es denn? Ich muss gleich los. Mein Kater ist nicht gerne allein«, sagte sie, drehte sich dabei allerdings nicht zu mir um.

»Es geht um Ihre ständigen Anfeindungen mir gegenüber.«

Schon im nächsten Moment ließ sie von ihrer Handtasche ab und wandte sich zu mir um.

»Wie bitte?«, fragte sie empört und legte sich dabei die Hand auf die Brust.

»Ich weiß, dass Sie nicht sonderlich glücklich darüber sind, dass Meike und Fritzy unseren Chor bereichern. Und ich bin mir sicher, dass Sie so Ihre Probleme damit haben, dass ich die Leitung des Chors übernommen habe. Aber ich will Ihnen eins sagen: Entweder Sie arrangieren sich mit den Gegebenheiten und verbringen mit uns hier eine schöne Probenzeit oder aber Sie suchen sich etwas anderes, was Ihre Nerven weniger strapaziert.«

Und damit auch die meinen, ergänzte ich noch in Gedanken.

Frau Gottschlichs Augen weiteten sich dermaßen, dass ich Sorge hatte, ihre Augäpfel könnten jeden Moment aus den Höhlen fallen.

»Habe ich das gerade richtig verstanden? Sie wollen mich aus dem Chor schmeißen?«, fragte sie fassungslos und sah sich dabei zu allen Seiten hin um, als hoffte sie darauf, dass ihr jemand zur Seite sprang und für sie einstand.

Doch sie blieb allein.

»Am liebsten wäre es mir natürlich, Sie würden bei uns bleiben und den Chor weiterhin mit Ihrer schönen Stimme bereichern.«

»Sie mögen meine Stimme?«

Ungläubig musterte sie mich, während sie zu überlegen schien, was sie von meinen Worten halten sollte.

»Ja, sehr sogar. Außerdem habe ich große Angst, den Job nicht zu meistern. Und schreckliches Lampenfieber habe ich vor solchen Auftritten auch. Ich würde mich über Ihre Unterstützung also wirklich sehr freuen.«

Frau Gottschlich wiegte ihren Kopf leicht zur einen, dann zur anderen Seite.

»Ich könnte mich mal mit Fritzy treffen und ihr ein wenig helfen. Ich glaube, es fehlt nicht viel und sie würde weniger schief singen. Und was Ihren Posten als Leitung des Chors anbelangt …«

»Ja?«, hakte ich nach, als sie nicht weitersprach.

»Ich war tatsächlich verwundert, als Käthe ausgerechnet Sie ausgewählt hat. Eigentlich wäre ich dran gewesen. Aber womöglich hat Käthe so gehandelt, weil sie wusste, dass ich … nicht immer einfach bin. Ich habe nur meinen Kater. Zu Hause wartet sonst niemand auf mich. Vielleicht bin ich deshalb manchmal ein wenig … kratzbürstig.«

»Danke, dass Sie mit Fritzy üben wollen. Das bedeutet mir viel«, sagte ich schließlich.

»Danke, dass Sie auf mich zugekommen sind, um mit mir zu reden. Ich denke, das wird dem Chor guttun.«

Frau Gottschlich nahm ihre Tasche von der Bank, verabschiedete sich von mir und ging in Richtung Kirchenportal.

»Was hat sie gesagt?«, fragte Fritzy neugierig, die plötzlich links von mir stand.

»Sie will mit dir üben«, erwiderte ich lächelnd.

»Warum denn das?«

»War sie dir denn gar nicht böse?«, fragte Meike zu meiner Rechten und überging damit Fritzys Frage.

Kopfschüttelnd wandte ich mich ihr zu.

»Wenn ich es richtig überlege, dann schien sie sogar erleichtert zu sein, weil ich das Gespräch gesucht habe.«

»Du weißt, was jetzt noch zu tun ist«, merkte Meike an.

Ich nickte.

Die Agentur für Arbeit wollte mir in den kommenden Tagen eine potenzielle Aushilfe fürs Café schicken. Darum musste ich mich auch noch kümmern und einen Termin vereinbaren. Aber das meinte Meike sicher nicht.

Auch wenn ich gerade sehr froh darüber war, dass eine große Baustelle in meinem Leben abgeschlossen werden konnte, wusste ich nur zu gut, dass daheim eine Stadt voller Baustellen auf mich wartete.

Aber auch dieser Herausforderung würde ich mich stellen. Und sie meistern.

Kapitel 13

»Seid ihr bereit?«

Die letzten Tage bis zum Adventssingen waren wie im Flug vergangen. Und wie durch einen schrecklichen Bann, der auf mir lag, war es mir nicht mehr möglich gewesen, mit Ole in aller Ruhe zu reden.

Entweder war ich im *Föhrliebt* und dort unabkömmlich oder Ole war in der Bäckerei dermaßen eingespannt, dass wir uns immer verpassten. Es war wie verhext! Gleichzeitig war ich mir nicht sicher, ob er wirklich so viel zu tun hatte. Was, wenn er seine Zeit mit der Frau nutzte, die auf dem rosafarbenen Zettel unsere Adresse notiert hatte?

»Es wird schon schiefgehen, Leni. Kopf hoch! Wir schaffen das. Also von mir aus kann es dann auch losgehen«, erwiderte Frau Gottschlich am lautesten von allen.

Fritzy stand dicht neben ihr. Die beiden hatten sich seit der Generalprobe noch ein paarmal zum Üben getroffen. Frau Gottschlich war dem Anschein nach guter Dinge. Dann wollte ich es auch sein. Zumindest was das Adventssingen anbelangte.

Per, der seinen Liebeskummer in den letzten Tagen gut in den Griff bekommen hatte, war mit einem kleinen Stand für das *Föhrliebt* vertreten, an dem er Getränke und Plätzchen anbot. Die Schlange davor war unglaublich lang. Ein Lächeln zauberte sich auf meine Lippen. Wenigstens das lief im Moment gut in meinem Leben. Und für den Rest würde ich noch sorgen müssen.

»In knapp dreißig Minuten treffen wir uns in der Sakristei«, informierte ich die Damen und Herren unseres Chors unnötigerweise.

Jeder von ihnen wartete schon ungeduldig darauf, dass es endlich losging, während meine Aufregung von Sekunde zu Sekunde schlimmer wurde.

Worauf hatte ich mich da bloß eingelassen? Mittlerweile war der Parkplatz neben dem Wyker Fährhafen, der für diesen Tag gesperrt worden war, voller Menschen. Und die Fähren spülten immer mehr Leute an Land, die ausschließlich gekommen waren, um dem Adventssingen auf der Insel beizuwohnen.

Verrückt!

»Bist du schon aufgeregt?«, fragte Meike dicht an meinem Ohr, während sie mir ihre Hand auf den Rücken legte.

»Sagen wir mal so: Ich könnte mir Schöneres vorstellen«, gestand ich ihr ein und bemühte mich dabei, so leise zu reden, dass mich niemand hören konnte.

»Was ist mit Ole? Wird er auch kommen?«

Ich zuckte mit den Achseln.

»Das weiß ich selbst nicht. Er hatte es mal angedacht, allerdings haben wir uns die komplette Woche über nicht wirklich gesehen. Im Moment ist bei uns beiden der Teufel los. Oder aber …«

»Oder aber *was*?«, hakte Meike nach.

»Oder aber Ole geht mir absichtlich aus dem Weg und verbringt seine Zeit lieber mit der unbekannten Frau.«

Meike nahm mich in den Arm.

»Mach dir doch nicht solche Gedanken, wenn du noch gar nicht weißt, wie es wirklich um euch beide steht. Das ist zermürbend und nervenaufreibend. Und sehr wahrscheinlich vollkommen unnötig«, redete Meike mir ins Gewissen.

»Ich kann mich nicht daran erinnern, wann ich zuletzt einen Glühwein getrunken habe. Das muss eine Ewigkeit her sein.« Frau Gottschlich trat wankend zwischen Meike und mich und stupste erst sie und dann mich in die Seite.

»Geht es Ihnen gut, Frau Gottschlich?«, fragte ich besorgt, da sie noch immer beachtlich wankte.

Und das, obwohl sie mittlerweile an Ort und Stelle stand.

Sie winkte ab.

»Mir ging es nie besser. Ich wusste gar nicht, wie lecker so ein Glühwein schmeckt. Wie gut, dass das schon mein dritter ist. Für gewöhnlich trinke ich ja überhaupt keinen Alkohol. Hicks! Aber heute musste ich mal eine Ausnahme machen. Die Stimmung ist so ausgelassen. So viele Menschen … Es kommt nur noch sehr selten vor, dass ich in so guter Gesellschaft bin. Hicks!«

»Frau Gottschlich, da sind Sie ja.«

Fritzy war außer Puste, als sie bei uns eintraf.

»Ach, Fritzy, wie schön, dass du da bist. Wollen wir noch zusammen einen Glühwein trinken, bevor es losgeht? Ich kann gar nicht sagen, wie glücklich ich heute bin. Das ist so ein schöner Tag. Findet ihr nicht auch? Oh, ich kann es kaum erwarten, dass unser Konzert endlich losgeht. Hicks! Das wird atemberaubend. So viele Menschen …«

Meike, Fritzy und ich tauschten besorgte Blicke.

»Meint ihr, das geht gut?«, fragte Meike beunruhigt.

Fritzy wiegte ihren Kopf erst zur einen, dann zur anderen Seite.

»Bisher hält sie sich noch auf den Beinen.«

»Außerdem muss sie gleich singen und nicht laufen«, merkte Fritzy an.

Leicht torkelnd setzte Frau Gottschlich ihren Weg fort, unterhielt sich mit jemandem und wankte schließlich in Richtung der provisorischen Bühne, die von der freiwilligen Feuerwehr aufgestellt worden war.

Ganz Föhr hielt an so einem Tag zusammen, hatte ich das Gefühl. Die Tatsache gefiel mir. Es schaffte ein Gefühl der Verbundenheit. Etwas, das ich so aus München nicht kannte. Dort war man oft viel zu sehr mit sich selbst beschäftigt.

Ein Blick auf die Uhr verriet mir, dass es in knapp zehn Minuten losging. Allerhöchste Eisenbahn, zurück zur Gruppe zu gehen und sie auf den nahenden Auftritt einzuschwören.

Mein ganzer Körper befand sich mittlerweile im Ausnahmezustand. Das Atmen fiel mir zunehmend schwerer. Auch hatte ich plötzlich das Gefühl, noch mal dringend zur Toilette zu müssen. Gleichzeitig war ich mir jedoch der Tatsache bewusst, dass ich es bei dieser Menge an Menschen nie und nimmer rechtzeitig zu einem der aufgestellten Dixi-Klos schaffen würde.

Deshalb versuchte ich, mit meiner altbewährten Methode ruhig ein- und wieder auszuatmen. Zum Glück stand ich als Chorleitung mit dem Rücken zum Publikum und durfte auf bekannte Gesichter sehen. Das würde mir die Sache sicher ein wenig erleichtern, bemühte ich mich, mir einzureden.

»Das wird ein Fest, ihr Lieben. Ich weiß noch, wie wir vor Jahren auf einer der Chorfahrten spontan ein Konzert gegeben haben. Wo war das noch gleich? Ich komm nicht drauf. Aber das ist ja auch egal. Das Einzige, was zählt, ist die Erinnerung an dieses unbeschreibliche Gefühl, vor Zuschauern auftreten zu dürfen. Unbeschreiblich. Unbeschreiblich …«

Frau Gottschlich redete munter auf die übrigen Chormitglieder ein. Herrn Schmalke schüttelte sie dabei unaufhörlich die Hand. Der Ärmste würde vermutlich ein Schleudertrauma davontragen.

Ich wandte mich zum Publikum um, das sich in den letzten Minuten verfünffacht zu haben schien. Notenhefte wurden verteilt, damit auch alle mitsingen konnten, die mitsingen wollten. Gezwungen wurde dazu niemand. Aber grundsätzlich war das Event darauf ausgelegt.

Ein Adventssingen, bei dem man sich mit anderen auf das nahende Fest der Liebe einstimmen und besinnlich den Sonntagnachmittag verbringen konnte.

»Du schaffst das!«, redete Meike mir gut zu.

»Wir sind bei dir«, flüsterte Fritzy und zwinkerte mir dabei aufmunternd zu.

Was täte ich nur ohne diese beiden Frauen in meinem Leben?

»Das sieht alles sehr gut aus. Das wird ein schönes Adventssingen werden. Da bin ich mir sicher, liebe Leni.«

Käthe tauchte wie aus dem Nichts mit ihren Krücken neben mir auf.

»Oh, du bist gekommen.«

Es war eine Freude, sie zu sehen.

»Meike hat mich überredet. Paul hat mir einen Rollstuhl gemietet. Nur für heute. Danach kommt das Ding wieder weg. Aber anders wären wir nicht hergekommen. Wir haben ja kein Auto und die Parksituation ist dank des gesperrten Fährparkplatzes ohnehin etwas schwer. Morgen geht der Rollstuhl aber schon wieder dorthin zurück, wo Paul ihn ausgeliehen hat. Das musste er mir versprechen.«

»Dann wirst du heute sicher den bequemsten Platz von allen haben«, munterte ich sie auf.

»Ich drück dir fest die Daumen. Auch wenn du zunächst nicht glücklich über deinen Posten warst, hoffe ich, dass du verstehst, warum ich ihn dir gegeben habe.«

Käthe lächelte.

»Du wolltest sicher, dass ich mich noch ein bisschen besser hier auf Föhr einlebe und die Menschen sich mit mir verbunden fühlen.«

Käthe winkte ab.

»Papperlapapp. Du bist einfach die Beste für den Job. Also zeig ihnen, was du draufhast, und vergiss nicht, das Konzert zu genießen.«

Verschwörerisch zwinkerte sie mir zu, ehe sie sich mit ihren Krücken in Bewegung setzte und sich neben Meikes Opa Paul in den Rollstuhl plumpsen ließ.

Kaum dass sie saß, streckte sie beide Daumen in die Höhe und grinste frech.

Ich wandte mich sodann meinem Chor zu. Ein letzter Blick auf die Uhr. Es war so weit. Mir wurde ganz anders bei der Vorstellung, dass es gleich losgehen würde. Dennoch versuchte ich, mich zu beruhigen und mich darauf zu konzentrieren, was nun wichtig war.

Der Föhrer Bürgermeister griff derweil zum Mikrofon und richtete sich mit einer herzlichen Begrüßung an die Gäste, die wegen des Adventssingens auf die Insel gekommen waren. Er wünschte allen viel Spaß und eine besinnliche Zeit.

Ich drehte mich zu ihm um und ließ meinen Blick ein letztes Mal über den gefüllten Platz gleiten und versuchte mir einzureden, dass es egal war, wie viele Menschen sich heute hier versammelt hatten. Das Einzige, was zählte, war, dass der Chor zeigen konnte, was er in so vielen Wochen einstudiert hatte, und die Leute, die hier waren, kräftig animierte, mitzusingen.

Je länger ich mir Mut zusprach, desto besser fühlte ich mich. Es würde alles gut werden. Allein deshalb schon, weil es leicht zu schneien begonnen hatte. Noch erinnerte das, was vom Himmel kam, mehr an Schneeregen. Aber ich wollte die Hoffnung nicht aufgeben.

Als ich mich gerade wieder zum Chor umdrehen wollte, blieb mein Blick an einem Mann und einer Frau hängen, die miteinander lachten. Sie war eine unglaubliche

Schönheit. Das konnte ich auch aus der Entfernung gut erkennen. Ihr Lachen war strahlend und offen, ihre Augen groß und ihr blondes Haar floss in Wellen über ihre Schultern.

Der Mann vor ihr stand mit dem Rücken zu mir da. Es war Ole.

Mein Herz setzte einen Schlag aus und mein Gehirn zählte eins und eins zusammen.

»Dann übergebe ich nun an den gemischten Chor Föhr«, vermeldete unser Bürgermeister voller Stolz, während ich versuchte, meine entgleisten Gesichtszüge wieder in die richtige Schiene zu lenken.

Mein Blick lag noch immer auf Ole, der nach wie vor mit der unbekannten Schönheit sprach. Was hatte ihn nur dazu bewogen, sie ausgerechnet mit zum Adventssingen zu bringen? Er wusste doch, dass ich hier sein würde. Hatte er ernsthaft geglaubt, dass ich ihn nicht sehen würde? Was dachte er sich bloß dabei?

Meine Gedanken fuhren Achterbahn, während ich alle Augenpaare der versammelten Menschen auf mir spürte. Nur das von Ole war nach wie vor von mir abgewandt.

Es dauerte einen weiteren Moment, bis ich die Kraft fand, mich von ihm ab- und meinem Chor zuzuwenden.

Meike und Fritzy sahen mich beunruhigt an. Offenbar war mir anzusehen, dass ich innerlich gerade enorm mit mir zu ringen hatte. Dennoch hob ich meine Hände und bedeutete dem Chor, mit *Stille Nacht, heilige Nacht* zu beginnen.

Die ersten zwei Strophen verliefen reibungslos. Auch die Zuschauer in meinem Rücken hatten nach und nach eingesetzt und sangen nun tatkräftig mit. Ich versuchte mich ausschließlich auf meine Aufgabe zu konzentrieren und blendete dabei alles und jeden aus, der mich dabei stören könnte.

Fritzy, die noch bis vor wenigen Tagen aus dem Takt geraten war und schrecklich schief gesungen hatte, war inzwischen überhaupt nicht mehr herauszuhören, was ich äußerst positiv wertete. Frau Gottschlich hatte wahrlich ganze Arbeit geleistet.

Suchend blickte ich mich in den Reihen um. Denn Frau Gottschlich stand nicht an ihrem angestammten Platz, was mich augenblicklich in Alarmbereitschaft versetzte. War ihr am Ende etwas zugestoßen und wir hatten es nicht mal bemerkt? Gut möglich, dass ihr die vielen Gläser Glühwein nicht sonderlich gut bekommen hatten.

Als ich sie schließlich unweit von Fritzy in der dritten Reihe entdeckte, war ich beruhigt. Ein heftiges Wanken ihrerseits führte jedoch dazu, dass ich den Atem anhielt. Und als sie dabei ihre Nachbarn anstupste, war ich mir nicht mehr so sicher, ob das hier gut gehen würde.

Mit jedem weiteren Lied, das wir anstimmten, sandte ich ein Stoßgebet nach dem anderen gen Himmel. Viele Menschen hatten verdammt viel Arbeit und Zeit in dieses Event gesteckt. Es durfte keinen Zwischenfall geben, sodass das Adventssingen vorzeitig abgebrochen werden musste.

Mit meinem Blick suchte ich Kontakt zu Fritzy. Diese merkte sogleich, dass etwas nicht stimmte. Mit meinem Kopf machte ich eine Bewegung in Frau Gottschlichs

Richtung. Fritzy beugte sich daraufhin so weit nach vorn, dass sie sehen konnte, was ich meinte.

Als wir *All I Want for Christmas* anstimmten, schien die Stimmung in meinem Rücken äußerst ausgelassen. Viele sangen mit, freudiges Lachen war zu hören und Pers kleiner *Föhrliebt*-Stand war gern besucht. Den konnte ich aus dem Augenwinkel nämlich gut sehen.

Auch als sich Ole in mein Sichtfeld drängte, konnte ich das gut erkennen. Er stand mit der blonden Schönheit jetzt direkt vor Per und unterhielt sich angeregt mit ihm. Mehr noch: Er stellte ihm die unbekannte Frau lächelnd vor. Das war doch … Ich musste mich so konzentrieren, nicht gleich zu den dreien hinüberzugehen und ein Machtwort mit ihnen zu sprechen. Besonders von Per war ich dabei mehr als enttäuscht, als ich sah, wie er die Frau begeistert anlächelte und ihr sogar die Hand reichte.

Gerade von ihm hätte ich mir mehr Loyalität erhofft.

Meine Aufmerksamkeit driftete zunehmend vom Chor ab. Als ich mich wieder zu ihm umwandte, erkannte ich, wie Frau Gottschlich beachtlich in Schieflage geraten war. Gerade stützte sie sich auf ihren Nachbarn, der dabei sein Notenblatt fallen ließ. Dieses schwebte zwei Reihen weiter nach vorn und landete einer anderen Dame mitten im Gesicht. Diese schrie kurz auf, was die anderen zum Glück nicht aus der Ruhe brachte. Zumindest zunächst.

Denn schon im nächsten Augenblick schwankte Frau Gottschlich beträchtlich zur anderen Seite, verlor das Gleichgewicht und blieb an einer hageren jungen Frau hängen, deren Name mir entfallen war.

Fritzy und Meike folgten meinem Blick und konnten gerade noch beobachten, wie durch Frau Gottschlichs Anstupser ein Domino-Effekt sondergleichen einsetzte. Denn die hagere junge Frau konnte dem Gewicht von Frau Gottschlich nicht standhalten, kippte zur Seite und erwischte dabei ihren Nebenmann auf dem falschen Fuß. Herr Kruse wankte nun ebenfalls und traf dann die alte Frau Aigner, die die Letzte in der Kette war und offenbar mit einer solchen Wucht getroffen worden war, dass sie umgehend zur Seite wegkippte und hinfiel.

Während sich die umstehenden Chormitglieder um sie kümmerten, versuchte der Rest die Stimmung aufrecht zu halten und sang eifrig weiter. Nun stürzten auch die ersten Gäste zu Frau Aigner, die sich bei ihrem Sturz offenbar verletzt hatte.

Ich haderte mit mir, ob ich das Adventssingen abbrechen oder weitermachen sollte, da schwang Frau Gottschlich wie ein Pendel zur anderen Seite aus und setzte auch dort eine Domino-Kette in Gang, bei der sogar Fritzy getroffen wurde und zu Boden fiel.

Spätestens jetzt war das Chaos perfekt. Und während alle übrigen in Frau Gottschlichs Reihe sich um die Gestürzten kümmerten oder selbst gefallen waren, stand sie noch immer – mehr wankend als aufrecht – an ihrem Platz. Verwundert sah sie sich zuerst zu ihrer linken und dann zur rechten Seite um, zuckte anschließend mit den Schultern, warf einen Blick ins Notenheft und sang schließlich eifrig weiter, als könnte sie kein Wässerchen trüben.

Fassungslos schaute ich Frau Gottschlich an, die sich offenbar durch nichts und niemanden aus der Ruhe bringen ließ. Vielleicht sollte ich mir dringend eine Scheibe von ihr abschneiden.

Bei unserem letzten Lied *Vom Himmel hoch, da komm ich her* waren bis auf Frau Aigner wieder alle Chormitglieder auf der Bühne. Offenbar hatte sich die alte Frau stärker verletzt, als es auf den ersten Eindruck den Anschein gemacht hatte. Sofort nach dem letzten Ton würde ich nach ihr sehen.

Frau Gottschlich wankte nun kaum noch, wirkte aber unglaublich müde auf mich. So gähnte sie mitten im Gesang und war dabei so laut, dass man sie über die Stimmen der anderen hinweg deutlich hören konnte.

Das diesjährige Adventssingen war vermutlich so ziemlich das schlimmste der vergangenen Jahre. Ich wappnete mich bereits für Käthes Standpauke. Gleichzeitig hoffte ich, dass ich Herrn Berger, unserem Bürgermeister, nicht in die Arme lief. Bisher hatte es noch keine persönliche Begegnung zwischen uns gegeben. Und ich fand den heutigen Anlass nicht passend, um dies zu ändern.

Als das letzte Lied verklungen war, fiel mir einerseits ein Stein vom Herzen, da ich nun nicht mehr für das Adventssingen verantwortlich war. Schließlich war es nun vorbei. Andererseits verkrampfte sich mein Magen, da ich mich wieder daran erinnerte, dass Ole auch auf der Veranstaltung war. Und das nicht allein.

Die Situation überforderte mich vollkommen. Am liebsten hätte ich alles hingeschmissen und wäre weggelaufen. Doch das ging nicht. Den Tränen nahe, versuchte ich verzweifelt, mich zusammenzureißen.

Mein Blick fiel auf Paul, der Käthe gerade zur Bühne schob. Aus ihrem Gesichtsausdruck war nicht abzulesen, was sie von der heutigen Darbietung hielt. Ich konnte nur hoffen, dass sie gnädig mit mir war. Schließlich hatte ich Frau Gottschlich weder dazu genötigt, sich drei Gläser Glühwein kurz vor dem Auftritt einzuverleiben, noch sie daraufhin gebeten, ihre Chorgenossen wie ein ausschlagendes Pendel links und rechts von der Bühne zu schubsen.

»Das war eine sehr schöne Vorstellung. Vielen Dank für deine Mühe, liebe Leni. Alles war nahezu perfekt«, ereiferte sich Käthe zu sagen, als Paul sie unmittelbar an der Bühne abstellte.

»Frau Gottschlich …?«, hob ich an, ohne näher darauf einzugehen, was in den vergangenen Minuten vorgefallen war.

Schließlich war das für alle sehr gut zu sehen gewesen. Es war also nicht erforderlich, das Thema unnötig in die Breite zu ziehen.

»Das hätte ich im Vorhinein vielleicht erwähnen sollen. Es ist mir leider entfallen. Aber Frau Gottschlich hat seit Jahren unglaublich großes Lampenfieber vor derartigen Auftritten. Beim letzten Adventssingen ist ihr so übel geworden, dass sie sich mitten auf der Bühne … Ich denke, ich muss nicht weiter ausholen«, sagte sie dann und wandte sich Meike und Fritzy zu, die gerade zu uns kamen.

Ich nutzte die Gunst der Stunde und machte mich auf den Weg, um nach Frau Aigner zu schauen. Die alte Dame saß auf der Bühne und wirkte noch ein wenig benommen.

Jemand reichte ihr soeben ein Glas Wasser. Ein anderer schaute nach ihrem Kreislauf.

»Wie geht es Ihnen?«, fragte ich, als ich bei ihr ankam.

»Mein Enkel hat mir von diesem ›Wacken‹ erzählt, wo die jungen Leute einmal im Jahr zusammenkommen, sich gegenseitig anrempeln und wieder nach Hause fahren. Ich stelle mir das heutige Erlebnis vergleichbar dazu vor.«

Bei Frau Aigners Worten musste ich an mich halten, um nicht laut loszuprusten. Das Föhrer Adventssingen mit Wacken zu vergleichen, wäre mir bis eben nie in den Sinn gekommen.

»Wenn Sie irgendetwas brauchen«, bot ich an.

Doch sie winkte ab.

»Mir geht es gut. Allerdings wird man in meinem Alter nicht mehr jeden Tag von einer Bühne geschubst. Es dauert ein paar Minuten, bis ich mich wieder gefasst habe. Und blaue Flecken wird es sicher auch als Trophäe geben. Aber das macht nichts weiter. Hauptsache ist doch, der Auftritt war ein Erfolg.«

Frau Aigner ließ sich dabei zu einem Lächeln hinreißen, während sie ihren Arm hielt. Der würde bestimmt noch mal untersucht werden müssen.

»Danke.«

»Wofür?«, hakte sie nach.

»Dass Sie heute mitgesungen haben und mir gerade keinen Vorwurf machen, weil ich den Chor habe weitersingen lassen.«

Frau Aigners Augen verengten sich zu schmalen Schlitzen.

»Ich hätte Ihnen nur einen Vorwurf gemacht, wenn Sie das Konzert unterbrochen hätten. Nein, nein, es war alles perfekt so, wie es war. Vielen Dank, dass ich ein Teil davon sein durfte. Mein Mann Günther ist seit einigen Monaten bettlägerig. Meine Auszeit beim Chor ist wie ein Wellnessurlaub. Da nehme ich sogar billigend in Kauf, von der Bühne gefegt zu werden«, bemerkte sie lächelnd.

Ich wollte noch etwas erwidern, als mir jemand von hinten auf die Schulter tippte.

»Ole?«, merkte ich verwundert an.

Das Letzte, was ich erwartet hätte, war, ihm gegenüberzustehen. Zudem war er nicht allein. Die blonde Schönheit stand direkt neben ihm.

»Hey, mein Schatz! Ich hoffe, es geht dir gut. Ist mit Frau Aigner alles in Ordnung?« Besorgt blickte er zu der alten Dame, der sich nun offenbar ein Sanitäter annahm.

»Es geht ihr den Umständen entsprechend«, leierte ich eine Floskel aus irgendeinem Film herunter in der Hoffnung, das Gefühl der Hilflosigkeit würde in den nächsten Sekunden wieder von mir ablassen.

»Das ist übrigens Corinna«, stellte er mir seine Begleitung vor.

Fassungslos stand ich da, während ich schlichtweg nicht glauben konnte, dass Ole mir seine neue Flamme gleich nach dem Adventssingen vorstellen würde, nachdem wir uns die komplette Woche über nicht gesehen hatten. Der Grund hierfür stand nun offenbar vor mir.

»Und das ist Leni«, sagte er mit einem Lächeln auf den Lippen, während er mich freudig anstrahlte.

Was genau spielte er hier für ein merkwürdiges Spiel? Hatte er es am Ende womöglich sogar darauf abgesehen, mit uns beiden …? Das konnte er so was von vergessen. Der Kerl hatte sie ja nicht mehr alle.

Die plötzlich in mir aufwallende Wut kochte schier über. Ich musste schwer an mich halten, um nicht auszurasten und Ole vor versammelter Mannschaft die Leviten zu lesen. Was bildete sich dieser Mann eigentlich ein?

Corinna streckte mir derweil ihre Hand entgegen. Der schien das Treffen mit mir keinen Kummer zu bereiten. Ganz im Gegenteil. Wenn ich sie mir so ansah, dann wirkte sie sogar sehr ausgelassen, ja nahezu fröhlich.

»Es freut mich, deine Bekanntschaft zu machen«, erdreistete sie sich tatsächlich zu sagen.

Mir fiel bei ihren Worten fast die Kinnlade herunter.

Ungläubig schaute ich zwischen ihr und Ole hin und her, wie als stünde die Antwort auf meine Fragen in die Luft geschrieben. Zu dumm, dass sie für mich augenscheinlich unlesbar war.

Corinnas Lächeln entglitt ihr ein wenig, als ich keine Anstalten machte, ihre Hand entgegenzunehmen.

Verunsichert blickte sie zu Ole.

»Corinna ist meine kleine Überraschung für dich. Ein vorgezogenes Weihnachtsgeschenk, wenn du so willst. Ich hoffe, du freust dich darüber.«

Wenn überhaupt möglich, starrte ich Ole nun noch eine Spur entsetzter an, sodass sogar ihm langsam dämmern musste, dass ich kein Interesse an einer Beziehung zu dritt hatte. Wollte oder konnte er das denn nicht verstehen?

Nun, da musste ich offenbar klare Worte für ihn finden.

»Kein Interesse«, erwiderte ich prompt und machte auf dem Absatz kehrt.

Die Wut im Bauch fühlte sich wie ein Kraftstoff an, der mich jeden Moment zum Mond abheben lassen würde. Wann war diese Welt nur so verrückt geworden? Gab es denn keinen Mann mehr auf Erden, der sich über eine monogame Zweierbeziehung freute und ehrlich war? Oder lag es an mir? Zog ich diese Irren wie magisch an? Hatte ich irgendeinen Geruch an mir, den diese Idioten gut fanden? Was war es?

»Leni, jetzt bleib doch mal stehen«, rief Ole mir hinterher.

Doch ich lief unbeirrt weiter.

Ich wollte nicht hören, wie Ole mir die Vorzüge einer Beziehung aufzeigte, in der drei Menschen die handelnden Personen waren. Das war nicht ich. Und das würde ich nicht mal für Ole ändern wollen.

Tränen der Enttäuschung stiegen mir in die Augen, während ich mir langsam einen Weg durch die sich auflösende Menge aus Einheimischen und Touristen bahnte.

»Leni!«, rief Ole mir noch immer hinterher.

Vergebens. Ich blieb nicht stehen.

Als ich bereits glaubte, er hätte es aufgegeben, mir nachzugehen, griff er nach meiner Hand und stoppte mich auf diese Weise.

»Was willst du von mir?«, blaffte ich ihn an und blickte dabei auf seine Hand, die meinen Arm noch immer umschlossen hielt.

»Was ist denn los? Ich stelle dir Corinna vor, denke, du freust dich, aber du läufst einfach weg und lässt mich wie einen Deppen zurück.«

Hörte ich da richtig? Machte mir Ole gerade allen Ernstes Vorwürfe, weil ich mich nicht darüber gefreut hatte, Corinnas Bekanntschaft zu machen? Mir wurde übel.

»Ole, wenn du dich dazu entschieden hast, dein Leben in Zukunft mit Corinna zu verbringen, dann ist das deine Entscheidung.«

Trotz des inneren Aufruhrs blieb ich ruhig und gelassen. Das hätte ich mir bis vor wenigen Sekunden selbst nicht zugetraut. Ich war stolz auf mich.

»Ich? Du sollst doch in Zukunft mehr Zeit mit Corinna verbringen. Wieso denn ich? Hä?«

Ole schaute mich an, als würde ich Chinesisch mit ihm reden.

»Wie ich schon sagte: Ich bin nicht interessiert«, blieb ich beharrlich.

»Ich verstehe dich nicht. Wochenlang liegst du mir in den Ohren, du bräuchtest Hilfe im Café, und da bringe ich dir eine Eins-a-Servicekraft und du möchtest sie nicht? Das ist mir zu hoch, Leni. Das musst du mir echt erklären.«

»Corinna ist *was*?«, fragte ich ungläubig.

»Sie wollte ab sofort als Kellnerin bei dir anfangen. Ob sie das nach deinem Auftritt allerdings noch in Erwägung zieht, ist mir schleierhaft. Was ist denn nur in dich gefahren, Leni? So kenne ich dich ja gar nicht. Das ist …«

Um Oles Redeschwall zu stoppen, hielt ich ihm meine Hand vors Gesicht, woraufhin er mitten im Satz abbrach.

»Corinna ist also nicht deine neue Flamme? Du hast sie nur getroffen, um sie für das *Föhrliebt* zu gewinnen?«, hakte ich nach.

»Neue Flamme? Woher weißt du, dass wir uns getroffen haben? Wir waren doch so vorsichtig.«

»Das tut jetzt nichts zur Sache. Beantworte mir meine Fragen«, forderte ich ihn nachdrücklich auf.

Ole sah mich mit einer gewissen Verunsicherung im Gesicht an. Vermutlich war er der Überzeugung, ich würde jeden Moment den Verstand verlieren. Aber das war mir egal. Ich brauchte jetzt und hier Gewissheit.

»Corinna ist nicht meine neue Flamme. Ich bin doch mit dir zusammen. Außerdem ist sie überhaupt nicht mein Typ. Das solltest du eigentlich wissen. Und ja, ich habe mich ein paarmal mit ihr getroffen, um die Details mit ihr zu besprechen. Ihre Großmutter lebt auf der Insel, aber da kann sie nicht unterkommen. Wir haben uns auf die Suche nach einer passenden Wohnung für sie gemacht. Das hat jedoch alles viel länger gedauert als gedacht. Nun kann sie allerdings dauerhaft auf der Insel …«

»Du hast das alles nur auf dich genommen, weil du mir helfen wolltest?«, hakte ich noch einmal nach, da ich es aus seinem Mund hören musste.

»Aber natürlich, mein Schatz. Wofür denn sonst? Ich liebe dich und will in Zukunft mehr Zeit mit dir verbringen. Da ist es doch klar, dass ich mich dafür einsetze, um dich zu entlasten.«

Der plötzliche Schluchzer, der aus meiner Kehle drang, traf mich völlig unvorbereitet. Ich legte meine Hand auf meinen Mund, während die ersten Tränen über meine Wangen kullerten.

Konnte das denn wirklich möglich sein? Hatte ich Ole die ganze Zeit völlig unberechtigt in Verdacht gehabt, etwas mit einer anderen Frau zu haben? All die Stunden des Zweifelns, des Kummers und der Sorge … Alles umsonst?

»Schatz, was ist denn los?«

Ole sah mich besorgt an. Er verstand die Welt nicht mehr. Aber da ging es mir ähnlich.

Und ich Idiot hatte bis eben tatsächlich geglaubt, meine Beziehung wäre vorbei. Ich könnte mich ohrfeigen, weil ich nicht schon viel früher mit Ole gesprochen hatte.

Ole nahm mich in den Arm und tröstete mich. Er sprach mir Mut zu, versprach mir, dass alles gut werden würde, doch das war es schon längst.

Nach und nach fielen die schrecklichen Stunden des Hoffens und Bangens von mir ab. Es war an der Zeit, das alles hinter mir zu lassen. Noch konnte ich nicht glauben, wie einfach die Lösung war.

»Aber jetzt wüsste ich doch gerne, woher du weißt, dass ich mich mit Corinna getroffen habe. Ich habe mich sehr darum bemüht, dass keiner etwas mitbekommt. Es sollte ja eine Überraschung werden.«

Ole strich mit seinen Händen über meine Wangen und wischte die Tränen aus meinem Gesicht.

»Käthe wollte einen Zettel bei uns abgeben. Da hat sie dich von Weitem auf der Straße gesehen, obwohl du mir gesagt hast, du würdest schlafen. Und Per hat dich vor dem *Föhrliebt* mit ihr gesehen. Allerdings hast du mir gegenüber behauptet, du wärst an diesem Vormittag im

Bett gewesen und hättest ausgeschlafen«, fasste ich die Begebenheiten kurz und bündig zusammen.

»Und dann hast du gedacht …«, hob er an.

Ich nickte.

»Genau. Ich dachte, du hättest eine Affäre mit dieser Frau.«

Oles runzelte die Stirn, während er offenbar über alles nachdachte.

»Dann hast du also wirklich geglaubt, ich würde dich hintergehen?«

Eine gewisse Enttäuschung war aus seiner Stimme herauszuhören.

»Ich habe so sehr gehofft, falschzuliegen. Glaub mir! In München hatte ich schon einmal einen Freund, der mich hintergangen hat. Allein die Vorstellung, es könnte mir wieder so ergehen, war schrecklich. Ich wollte das alles nicht noch einmal erleben müssen. Gleichzeitig habe ich mir so sehr gewünscht, dass alles nur ein dummes Missverständnis wäre.«

»Leni? Ist alles gut bei dir?«, hörte ich Fritzy und Meike sagen, die sich links und rechts von mir positionierten.

»Sollen wir dich nach Hause bringen?«, fragte Fritzy besorgt und sah dabei ernst zwischen Ole und mir hin und her.

»Oder möchtest du für ein paar Tage bei uns einziehen? Unser Gästezimmer ist frei«, schlug Meike vor und stellte sich dabei schützend vor mich.

»Das wird nicht nötig sein«, erwiderte Ole, dem anzusehen war, wie sehr es ihn traf, dass auch Meike und Fritzy der Überzeugung waren, er könnte fremdgegangen sein.

»Ole hat sich mit Corinna getroffen, um sie für mein Café zu gewinnen«, erklärte ich und spürte, wie mir neuerlich Tränen über die Wangen liefen.

»Das verstehe ich nicht.«

Meike sah mich verunsichert an.

»Als Arbeitskraft.«

Nun fiel sowohl bei Meike als auch bei Fritzy der Groschen.

»Dann ist alles gut? Ihr steht nicht kurz davor, euch zu trennen?«, hakte Fritzy nach.

Bei ihren Worten sah ich zu Ole, der wie ein begossener Pudel vor mir stand. Offenbar war er es nicht gewohnt, dass man ihm solche Vorwürfe machte.

Es tat mir schrecklich leid, dass ich auch nur einen Verdacht gegen ihn hatte. Dabei hätte ich doch wissen müssen, dass er mir treu war. Aber Zweifel konnten jeden noch so klaren Verstand vernebeln und Trugbilder vor das geistige Auge zaubern, die nur schwer ignoriert werden konnten.

»Es ist alles gut«, bestätigte ihr Ole und nahm mich dabei fest in die Arme.

Nie zuvor hatte ich mich so geborgen gefühlt. Nie zuvor hatte ich so genau gewusst, dass das der Ort war, von dem ich nie wieder wegwollte.

Kapitel 14

Da hat der Fluch der Chorleitung mal wieder zugeschlagen«, resümierte Käthe, als sie von meinem Dilemma erfahren hatte.

Nach dem Auftritt am Fährhafen hatte ich mich kurzerhand dazu entschieden, alle Chormitglieder ins *Föhrliebt* einzuladen. Ole war ebenfalls mitgekommen. Und auch Corinna hatte sich überzeugen lassen, dass ich für gewöhnlich ein ganz umgänglicher und netter Mensch war.

Nachdem wir ihr erklärt hatten, warum ich so seltsam auf sie reagiert hatte, war sie sogar wieder dazu bereit, bei mir im Café anzufangen. Am liebsten sofort. Untätigkeit war nichts für sie.

Also schnappte sie sich kurzerhand ein Tablett, nahm Bestellungen auf und stürzte sich nach einer kurzen Einweisung durch Per in die Arbeit. Eine tolle Frau. Jetzt verstand ich auch, warum Ole so darum bemüht war, sie für mein Café zu gewinnen.

»Du meinst, das hat etwas damit zu tun?«, erwiderte ich auf Käthes Anmerkung hin.

»Ganz sicher sogar«, bestätigte sie mir und nickte dabei vielsagend mit dem Kopf.

»Ein Glück, dass nichts Schlimmeres passiert ist«, sinnierte Meike.

Dabei war meine Beziehung fast in die Brüche gegangen. Die Betonung lag auf *fast*. Aber das fand ich schon ziemlich schlimm. Wenn man jedoch bedachte, dass so manche Chorleitung sich schwer verletzt hatte oder sogar gestorben war, war ich letztlich vermutlich noch glimpflich aus der Sache herausgekommen.

»Einen Glühwein für mich«, bestellte Frau Gottschlich, die sich direkt an den Tresen zu Per gesetzt hatte und ihn ohne Punkt und Komma zutextete.

Der Ärmste wirkte benommen. Andererseits hatte er auf diese Weise keine Zeit, um an Jasper zu denken, der ihm nach wie vor furchtbar fehlte. So hatte es zumindest ein Gutes. Und Frau Gottschlich schien ebenfalls zufrieden. Win-win.

»Wie sind denn eure Weihnachtstage geplant?«, wechselte Käthe unvermittelt das Thema, wofür ich ihr sehr dankbar war.

Es war an der Zeit, nach vorn zu schauen und die dunklen Gewitterwolken hinter uns zu lassen. Es stand das in meinen Augen schönste Fest des Jahres an. Und ich würde es das erste Mal in meinem Leben mit meinem Herzensmenschen feiern. Ich freute mich wahnsinnig auf die besinnliche Zeit, die Ruhe und die Vorfreude auf das kommende Jahr. Die Zeit zwischen Weihnachten und dem neuen Jahr war irgendwie magisch, und gleichzeitig half sie, noch mal über alles nachzudenken, was in den vergangenen zwölf Monaten so passiert war. Vor allem, da auch das Café bis ins neue Jahr geschlossen bleiben würde.

Wenn ich bedachte, dass ich Ole nur kennengelernt hatte, weil ich ihn beinahe über den Haufen gefahren hätte, stahl sich ein Schmunzeln auf meine Lippen. Nie hätte ich gedacht, dass wir heute hier nebeneinandersitzen und Händchen halten würden.

»Wir feiern an Heiligabend bei meinen Eltern. Und Lenis Eltern kommen am ersten Weihnachtsfeiertag zu uns«, vermeldete Ole und lächelte mich dabei glücklich an.

Erst jetzt fiel mir die Unterhaltung wieder ein, bei der Ole vorgeschlagen hatte, dass meine Eltern am ersten Weihnachtsfeiertag zu uns zu Besuch kommen sollten. Es war immer so viel los gewesen. Bislang hatte ich mich noch nicht darum gekümmert, sie einzuladen. Da ich jedoch keine weiteren Geschwister hatte, würden sie bestimmt gerne zu uns kommen.

»Warum feiert ihr denn nicht alle zusammen? Platz genug hätten deine Eltern auf jeden Fall. Ich stelle mir das schön vor, wenn alle zusammenkommen. Ein Weihnachtsfest sollte am besten gemeinsam mit möglichst vielen Menschen gefeiert werden. Je mehr, desto besser.«

Käthe strahlte übers ganze Gesicht, während sie das sagte.

»Das müssen wir … Also darüber sollten wir … Und überhaupt, wir …«

Ole wirkte plötzlich nicht mehr so selbstsicher wie noch vor wenigen Minuten.

»Oh, Paul! Würdest du mir eine heiße Schokolade bestellen? Von dem langen Herumsitzen im Rollstuhl bin ich ganz ausgekühlt«, sagte Käthe.

Ole wirkte erleichtert, weil er bezüglich des Weihnachtsfestes nicht weiter ausgefragt wurde.

»Aber natürlich, mein Engel.«

Meikes Opa machte sich sogleich auf den Weg zur Theke. Mittlerweile strömten immer mehr Gäste ins *Föhrliebt*, obwohl es am heutigen Vormittag aufgrund des Adventssingens geschlossen war.

»Ich finde Käthes Idee gar nicht mal so schlecht. Warum fragen wir deine Eltern nicht, ob meine Eltern auch zu ihnen kommen können? Wir können ja gemeinsam alles vorbereiten. Das wird sicher nicht so viel Arbeit für sie werden. Dann könnten wir auch …«

»Ich weiß nicht, ob das so eine gute Idee ist.«

Ole strich sich unsicher durchs blonde Haar und wagte es dabei nicht, mir in die Augen zu sehen.

»Nicht?«

Wie sollte ich das denn nun wieder deuten? Warum wollte Ole nicht, dass unsere Eltern sich kennenlernten? Denn genau darauf würde es hinauslaufen, wenn wir alle zusammen Weihnachten feierten.

War er sich seiner Gefühle für mich vielleicht doch nicht so sicher? Wollte er es lieber langsam angehen? Aber wenn wir den Heiligen Abend bei seinen Eltern und den ersten Weihnachtsfeiertag bei uns mit meinen Eltern feierten, würde er sie doch auch kennenlernen. Nur eben, dass seine Eltern dann fehlten.

»Meine Eltern haben gerade so viel um die Ohren. Es ist bestimmt … Ein anderes Mal, Leni.«

Und damit schien die Angelegenheit für ihn erledigt zu sein, ohne dass er mir anvertraut hätte, was ihn belastete.

Doch noch ehe ich nachfragen konnte, torkelte Frau Gottschlich zu uns an den Tisch und ließ sich unvermittelt neben mich nieder. Kumpelhaft legte sie ihren Arm um meine Schultern und zog mich an sich.

»Da ist ja unsere Chorleiterin. Was für ein Fest. Ich habe jede Sekunde da oben auf der großen Bühne genossen. Von mir aus hätte das Adventssingen noch Stunden gehen können. Es war einfach unbeschreiblich. Formidable. Ich kann es kaum in Worte fassen, wie toll das alles war.«

Frau Gottschlich schien vergessen zu haben, dass sie torkelnd da oben auf der Bühne gestanden und Frau Aigner heruntergeschubst hatte. Zum Glück war mittlerweile Entwarnung gekommen, dass sie sich nichts gebrochen hatte und sie schon wieder nach Haus gehen konnte. Dennoch zeigte der vierte oder fünfte – so genau hatte ich nicht mitgezählt – Glühwein soeben seine Wirkung und alles in einem noch rosigeren Licht erscheinen zu lassen, als es tatsächlich war.

»Darf ich euch noch etwas bringen?«, fragte Corinna, während sie leere Tassen und Gläser auf ihr Tablett räumte.

»Für mich noch einen Glühwein«, lallte Frau Gottschlich und begann abermals bedrohlich zu wanken.

Meike und Fritzy kamen zu mir an den Tisch. Ole war verschwunden, seit Frau Gottschlich neben mir Platz genommen hatte. Suchend blickte ich mich zu allen Seiten hin um, konnte ihn aber nicht finden.

»Habt ihr Ole gesehen?«, fragte ich die beiden, die gleich bemerkten, dass etwas nicht stimmte.

»Nein. Ist was passiert?«

Meike sah mich bestürzt an.

»Nein, nichts weiter. Ole will nur nicht, dass seine und meine Eltern zusammen Weihnachten feiern, und ich kann mir keinen rechten Reim darauf machen, was er dagegen haben könnte.«

»Weihnachten ist das Fest der Liebe. Je oller, je doller«, rief Frau Gottschlich über den Tisch und lachte im Anschluss daran so albern los, dass sich die anderen Chormitglieder an den Nachbartischen nach ihr umsahen.

Die Chormitglieder schien es weniger zu beeindrucken. Offenbar war es nichts Neues für sie.

»Will er deine Eltern denn überhaupt nicht kennenlernen?«, merkte Fritzy an.

Ich schüttelte den Kopf.

»Nein, das ist es ja gerade. Am Heiligen Abend will er bei seinen Eltern feiern. Und meine Eltern sollen am ersten Weihnachtsfeiertag dann zu uns kommen. Er möchte sie schon sehen, denke ich, allerdings will er nicht, dass unsere Eltern aufeinandertreffen, wenn ich das richtig verstehe. Ich weiß nur nicht, warum ihm das so wichtig ist.«

Aus der Anlage erklang *It's the Most Wonderful Time of the Year* und die Stimmung war ausgelassen und besinnlich. Die meisten der anwesenden Menschen freuten sich auf das bevorstehende Weihnachtsfest. Auf Plätzchen vor dem Kamin, den neuesten Weihnachtsfilm im Streamingportal der Wahl oder einem der alten Klassiker, der noch auf DVD oder VHS-Kassette aus dem Schrank gezogen wurde.

Gerade erst hatte sich das Missverständnis rund um Corinna geklärt. Und ich war wahnsinnig dankbar. Doch nun schien schon wieder etwas zwischen uns zu stehen. Ich verstand nur nicht, was.

»Was hältst du davon, wenn ich ihn mal frage? Hicks!«, mischte sich Frau Gottschlich ein – von der ich gar nicht mitbekommen hatte, dass sie unsere Unterhaltung belauscht hatte.

Was allerdings auch nicht sonderlich schwer war. Schließlich saß sie mit uns gemeinsam am Tisch.

»Das halte ich für keine gute Idee«, mischte sich Meike ein und bedeutete Frau Gottschlich, dass sie sich besser aus der Angelegenheit heraushalten solle.

»Ich habe Oles Eltern bisher nur zwei-, dreimal zum Mittagessen am Sonntag getroffen. Wenn ich es mir recht überlege, dann ist das jetzt zu Weihnachten das erste Mal, dass wir richtig zusammensitzen werden. Für mehrere Stunden. Vielleicht hat er Sorge, dass wir uns nicht verstehen könnten. Oder noch schlimmer: Was, wenn seine Eltern ihm gesagt haben, dass sie mich nicht besonders gut leiden können?«

Kaum dass ich das Horrorszenario laut ausgesprochen hatte, spürte ich wieder den bleiernen Mantel des Zweifels auf mir liegen.

»Das kann ich mir nicht vorstellen. Enno und Silke sind herzensgute Menschen. Immer wenn ich bei ihnen in der Bäckerei vorbeigekommen bin, haben sie mir ein

Rosinenbrötchen zugesteckt, weil ich die damals so mochte«, sagte Meike.

»Nur damals?«, meldete sich Fritzy grinsend zu Wort.

»Okay, ich mag sie noch heute und esse viel zu viele davon. Aber was ich eigentlich sagen wollte: Sie sind wirklich sehr nett. Ich kann mir nicht vorstellen, dass sie dich nicht mögen könnten.«

Verwirrt zuckte ich mit den Achseln.

»Gut möglich, dass sie das sind. Aber was, wenn sie sich eine Einheimische für ihren Sohn gewünscht haben? Die Bäckerei Hansen ist eine Traditionsbäckerei hier auf Föhr. Es gilt, einen Namen zu wahren. Gut möglich, dass es ihnen gar nicht so recht ist, wenn Ole ausgerechnet mit mir zusammen ist. Einer Bayerin, die sich ihren Jungen gekrallt hat und die alten Traditionen und Gebräuche der Insel nicht kennt.«

»Traditionen und Gebräuche sind schön und gut. Aber man muss mit der Zeit gehen. Hicks!«, merkte Frau Gottschlich an, indem sie auf die Beine sprang und ihren Finger kerzengerade gen Zimmerdecke streckte.

»Komm, Elke, wir bringen dich nach Hause.«

Käthe und Paul nahmen sich Frau Gottschlich an und manövrierten sie gegen ihren Willen Richtung Ausgang. Die Kopfschmerzen, mit denen sie morgen früh aufwachen würde, mussten höllisch sein.

Ich hatte bislang keinen Tropfen Alkohol getrunken und befürchtete ebenfalls, dass meine Nacht nicht sonderlich ruhig verlaufen würde.

Kapitel 15

Entgegen jedweder Erwartung schlief ich in dieser Nacht wie ein Stein. Ich träumte nicht. Das war wohl das Geheimrezept.

Am frühen Morgen weckte mich ein Rascheln, Türenschlagen und Quietschen aus dem Schlaf. Ole musste gerade aus der Bäckerei zurückgekommen sein. Für gewöhnlich war er immer sehr leise, um mich nicht aufzuwecken. Ich spürte sofort, dass heute etwas anders war.

»Ole?«, rief ich schlaftrunken und mit kratziger Stimme, während ich den Schalter meiner Nachttischlampe betätigte und mich aufrecht hinsetzte.

»Leni? Entschuldige bitte, dass ich dich aufgeweckt habe. Aber vor der Küste sind Pottwale gesichtet worden. Wir müssen mit den Booten rausfahren und verhindern, dass sie am Strand liegen bleiben. Das ist unsere einzige Chance.«

Nie zuvor hatte ich Ole so in Aufruhr erlebt.

»Warte! Ich komme mit«, entschied ich schnell, riss die Bettdecke von mir und stand schon im nächsten Moment am Schrank, um mir etwas überzuziehen.

»Ich bin mir nicht sicher, ob das eine gute Idee ist.«

Es war ihm anzumerken, dass er mich mit seinen Worten nicht vor den Kopf stoßen wollte. Dennoch hatte er offenbar Bedenken, ob ich da draußen eine Hilfe sein könnte.

»Ich koche Kaffee und Tee für die Helfer. Bei dem eisigen Wind braucht ihr was Warmes zu trinken.«

Wie zum Beweis heulte der Wind just in diesem Moment ums Haus.

»Das ist natürlich eine gute Idee«, lenkte Ole ein. »Meine Mutter wird auch vor Ort sein. Vielleicht könnt ihr euch ja zusammentun. Die Wale wurden vor Dunsum gesichtet. Ich muss jetzt leider los. Kannst du allein an den Strand kommen?«

»Geh du nur! Ich schaff das schon«, sagte ich und bedeutete ihm sodann, aufzubrechen und keine weitere Zeit zu verlieren.

Denn sobald diese riesigen Tiere an Land lagen, kam jede Hilfe für sie zu spät. Man konnte so ein tonnenschweres Tier nicht mal eben wieder zurück ins Meer schieben, wenn es angeschwemmt worden war. Frühere Versuche dieser Art hatten dazu geführt, dass die Wale an inneren Verletzungen verendet waren.

Da Wale in Gruppen lebten und einem Leittier folgten, war es auch aussichtslos, einzelne Tiere bewahren zu wollen. Die ganze Schule musste davon abgehalten werden, an Land aufzulaufen. Denn sonst würden alle beieinanderbleiben und gemeinsam sterben.

Ein Bild, das mir jedes Mal einen Schauder über den Rücken jagte. 1997 war nämlich genau das auf Rømø passiert. Ich wusste das noch so genau, weil ich damals in der Nähe Urlaub mit meinen Eltern gemacht hatte.

Das Schicksal der Pottwale hatte mich nicht mehr losgelassen. Ich hatte noch Wochen danach von ihnen geträumt und war panisch aus dem Schlaf hochgeschreckt. Meine Mutter war für die Nächte sogar kurzzeitig in mein Kinderzimmer umgezogen, weil ich mich nur schwerlich beruhigen ließ, schon zu sehr hatte ich mich in die Thematik hineingesteigert.

Ole und die anderen mussten einfach erfolgreich sein. Nicht auszudenken, wenn hier eine ganze Gruppe Pottwale stranden und sterben würde.

Noch während ich darüber nachdachte, zog ich den dicksten Pullover über, den ich hatte, kramte die gestrickten Wollsocken meiner Oma aus dem Schrank und ging in die Küche, um Tee und Kaffee zuzubereiten. Jetzt war es doch gar nicht so verkehrt, dass ich zwar die eine oder andere Teesorte aus dem Schrank entfernt hatte, im Großen und Ganzen jedoch noch genügend vorrätig hatte.

Ein kompletter Kahlschlag war nicht immer das Beste. Es galt, mit Bedacht an Dinge heranzugehen, abzuwägen und dann eine Entscheidung zu treffen. Nur im Fall der Pottwale zählte jede Sekunde. Hoffentlich würden die Männer und Frauen mit ihren Booten Erfolg haben. Ich wünschte es mir so sehr.

»Leni, wie schön, dass du kommen konntest«, begrüßte mich Silke herzlich.

Erst in diesem Moment wurde ich mir der Tatsache bewusst, dass ich nie zuvor mit Oles Mutter allein gewesen war.

»Das ist doch selbstverständlich«, sagte ich und stellte dabei die mitgebrachten Thermoskannen auf den Tisch bei der provisorischen Anlaufstelle.

Hier wurden nicht nur Heißgetränke ausgeschenkt, sondern auch Informationen ausgetauscht und gefachsimpelt.

Während die einen ganz sicher waren, dass jede Hilfe zu spät kam und die Wale aufgrund eines gestörten Ortungssystems des Leitwals zwangsläufig an Land auflaufen würden, waren wieder andere der Überzeugung, gerade noch rechtzeitig auf die Gruppe aufmerksam geworden zu sein.

Bei jeder neuen Meinung spürte ich, wie ich unruhiger wurde, während ich Tasse um Tasse an die Helfer am Strand ausschenkte.

Ganz Föhr schien in diesen bangen Stunden auf den Beinen zu sein und sowohl an Land als auch zu Wasser alles dafür zu tun, dass diese Herde weiterzog und die Insel unbeschadet passierte.

»Ich kann nur hoffen, dass da oben jemand ein Einsehen mit uns hat. In meinem Leben musste ich schon mehrere Male miterleben, was es bedeutet, wenn die Tiere an Land sterben, verwesen und in Stücken abtransportiert werden müssen.«

Silke wirkte äußerst betrübt. Ihre wenig beschönigenden Worte rüttelten mich abermals wach und spülten mich in Gedanken zurück an den Strand von Rømø. Zwar hatte ich nicht mitbekommen, was passiert war, nachdem die Tiere verendet waren, aber allein die Vorstellung daran bekümmerte mich.

»Oh, es tut mir leid, wenn ich zu offene Worte für das alles gefunden habe. Ole ist auch der Meinung, dass ich oftmals zu direkt bin. Aber das Leben hier auf dieser Insel lehrt einen, die Dinge beim Namen zu nennen. Es ist leider nicht alles rosig im Leben. Auch wenn ich mir das so manches Mal wünschen würde.«

Doch Silke wirkte nicht verbittert, sie schien sich jedoch der Tragweite des heutigen Ereignisses bewusst zu sein. Und mir wurde klar, warum Ole meine und seine Eltern nicht zusammenbringen wollte. Noch nicht.

»Ich mag deine Offenheit, Silke. Es gibt viel zu viele Menschen da draußen, die es nicht wagen, auch die negativen Seiten des Lebens anzusprechen, aus Angst, damit jemandem auf den Schlips zu treten. Aber es gehört zum Leben dazu. Auch das Sterben.«

Silke lächelte mir zu.

»Ich hoffe, dass das mit dem Sterben heute nicht passiert. Bald geht die Sonne auf. Dann haben unsere Leute da draußen bessere Chancen, die Tiere davon zu überzeugen, dass Föhr nichts für sie ist.«

Silke reichte gerade einem älteren Herrn eine Tasse Tee, der offenbar nur gekommen war, um sich das Schauspiel aus der Nähe anzusehen.

»Joris, du brauchst gar nicht zu glauben, dass du dich hier an die Seite stellen und abwarten kannst, was so passiert. Sieh zu, dass du jemandem hilfst. Und wenn es nur darum geht, warme Decken aus dem Feuerwehrhaus der freiwilligen Feuerwehr zu holen. Hörst du?«

Ertappt nahm der Mann einen großen Schluck aus seiner Tasse, stellte sie dann zurück auf den Tisch und machte sich eilig daran, zu seinem Auto zu gehen und die Decken zu besorgen.

»Manchmal muss man einfach direkt sagen, was Sache ist«, bemerkte sie und wirkte dabei plötzlich nicht mehr ganz so souverän, wie sie es noch vor wenigen Minuten gewesen war.

Als alle so weit versorgt waren, griff ich nach meinem Handy und wählte Oles Nummer. Auch auf die Gefahr hin, dass er keine Zeit hatte, um ranzugehen, oder zu weit vom Land entfernt war, um Netz zu haben, wollte ich es dennoch versuchen.

Zunächst hörte ich rein gar nichts. Dann setzte ein verhaltener Tut-Laut ein. Zwei, drei Sekunden später ging Ole ran.

»Wie ist die Lage?«, fragte ich kurz und knapp.

»Es sieht gut aus. Ich will mich noch nicht festlegen, aber die Wale scheinen das Interesse an Föhr verloren zu haben.«

»Ist ja gerade auch keine Saison«, witzelte ich und versuchte, die angespannte Situation auf diese Weise ein wenig zu überspielen.

»Wie ist die Lage bei dir?«, fragte Ole und klang dabei besorgt.

»Hier ist alles in Ordnung. Es gibt einige Gaffer, aber deine Mutter weiß mit ihnen umzugehen.«

»O nein!«

»Keine Sorge, sie macht das richtig gut. Ich mag ihre Art.«

Ein erleichtertes Aufatmen war in der Leitung zu hören. Vielleicht war es aber auch nur der Wind. Die Verbindung war leider nicht die beste.

»Das beruhigt mich ungemein. Sie ist ziemlich … direkt. Manchmal wünschte ich mir, sie würde erst mal über das nachdenken, was sie sagt. Aber ich glaube, das wird sich nie ändern. Sie trägt ihr Herz einfach auf der Zunge.«

»Mach du dir mal keine Sorgen um uns und kümmere dich darum, dass da draußen bei euch bald Entwarnung gegeben werden kann.«

Meine Worte gingen in lautem Gehupe unter.

»Ich muss jetzt leider weitermachen, Leni. Ich liebe dich und … danke, dass du da bist.«

»Ich wüsste nicht, wo ich gerade lieber wäre. Pass auf dich auf und komm heil zurück, ja? Ich habe kalte Füße und bräuchte später jemanden, der sie aufwärmt.«

Ole lachte.

Es tat gut, ihn so ausgelassen zu hören.

»Wenn du damit meinst, deine Eisklötze an meinen Waden aufwärmen zu können, muss ich dich enttäuschen. Die sind ähnlich schockgefroren wie deine Füße.«

Er lachte und beendete schließlich das Gespräch.

»Gibt's was Neues?«, hakte Silke gleich nach, kaum dass ich zurück an der provisorisch eingerichteten Einsatzstelle war.

»Ole ist zuversichtlich, sie bleiben dran. Es gibt Hoffnung. Vielleicht sogar ein Wunder.«

»Wenn nicht kurz vor Weihnachten, wann dann?«, fragte Silke und reichte mir ebenfalls eine Tasse mit dampfendem Inhalt.

Er roch nach Zimt, Nelken und Orange und versetzte mich gedanklich automatisch auf die Couch meiner Großmutter in München. Früher roch es bei ihr in der Weihnachtszeit genauso. Verrückt, wie sehr Gerüche Erinnerungen transportieren konnten.

»Wo soll ich die Decken denn jetzt hinbringen?«

Joris war zurück und wirkte einerseits eingeschnappt, da Silke ihn so rumkommandiert hatte. Andererseits schien er sich nun als Teil der Rettungsaktion zu fühlen. Der Umstand gefiel ihm, wie ich seinem geschäftigen Gesichtsausdruck entnahm.

»Am besten bringst du sie rüber zu den Feuerwehrleuten. Die können sie dann bei Bedarf verteilen. Aber lass uns zwei davon mal hier. Meine Füße fühlen sich wie Fischstäbchen an.«

Joris tat, wie ihm befohlen, knurrte zur Antwort und machte sich dann auf den Weg zu den Mitgliedern der Föhrer freiwilligen Feuerwehr.

»Ich freue mich übrigens schon darauf, dass ihr beiden Weihnachten zu uns zum Essen kommt.«

Silke, die sonst immer recht hart und unnahbar wirkte, lächelte mich freundlich an. Ihr war anzumerken, dass es ihr nicht leichtfiel, sich mir derart zu öffnen. Ich wertete es als gutes Zeichen.

»Das wird bestimmt sehr schön.«

Für den Bruchteil einer Sekunde überlegte ich, Silke zu fragen, ob meine Eltern nicht dazustoßen könnten. Allerdings erschien es mir Ole gegenüber nicht fair zu sein. Wir sollten darüber reden. Dringend.

Aber jetzt galt es erst mal, die Pottwale von der Insel wegzulocken. Nicht auszudenken, was es bedeuten würde, wenn sie hier strandeten. Nein, das durfte auf gar keinen Fall passieren.

»So, wo bleibt denn nun das Wunder? Wir warten.«

Silke sandte ihre Worte gen bedeckten Morgenhimmel. Die Sonne gab sich nicht die Ehre. Es roch nach Schnee und Hoffnung. Und auf einmal fielen winzig kleine Kristalle nach und nach auf meinen Mantel, die tatsächlich so aussahen, wie wir Schneeflocken zeichneten.

»Der Zauber von Weihnachten hat schon eingesetzt.«

Silke hielt die Hand auf.

»Das ist richtig schöner Schnee. Der hatte genug Zeit, in den Wolken zu wachsen. Das ist ein gutes Zeichen«, erklärte sie mir und klang dabei wie eine Schamanin, die mit der Natur und den Tieren tief verwurzelt war.

»Föhr hat vor Jahrhunderten sehr gut vom Walfang gelebt, musst du wissen. Der glückliche Matthias, eine der schillerndsten Gestalten dieser Insel, soll allein bei seinen neunzehn Fahrten 373 Wale gefangen haben«, erzählte mir Silke.

Von der Walfangvergangenheit Föhrs hatte ich schon gehört. Auch vom glücklichen Matthias. Dank der sprechenden Grabsteine in Nieblum, Süderende und Boldixum wussten wir noch heute einiges über das Leben von vor drei-, vierhundert Jahren.

»Ja, ich habe davon gehört.«

Silke reichte mir eine der Decken, die Joris bei uns am Stand gelassen hatte.

Ich nahm sie dankbar entgegen. Trotz der dicken Winterkleidung, die ich übergezogen hatte, war mir mittlerweile bitterkalt. Das lag vor allem daran, dass wir uns nach wie vor kaum bewegten.

»Ich laufe mal ein paar Meter, um mich umzuhören«, erklärte ich.

»Das ist eine sehr gute Idee. Ich halte derweil die Stellung hier. Noch haben wir genügend Tee und Kaffee vorrätig. Wenn jemand etwas trinken möchte, dann schick ihn gerne zu mir.«

An der Menge der Schaulustigen vorbei, die sich sogar mit Klappstühlen und Kaffee-to-go-Bechern ausgestattet hatten, bahnte ich mir meinen Weg zu den Leuten, die am Strand dafür sorgten, dass das drohende Unheil noch mal abgewendet werden konnte.

Ohne mit jemandem zu reden, spürte ich, wie angespannt alle waren. Jeder schien in Alarmbereitschaft zu sein und wusste doch nicht so recht, was er tun sollte. Denn wenn es den Männern rund um Ole nicht gelang, die Wale zurück ins offene Meer zu leiten, weit weg von Föhr, würde schon bald der Strand voller gestrandeter Pottwale liegen, deren Schicksal damit besiegelt war.

Wie gebannt sahen die meisten aufs Meer, als warteten sie nur darauf, dass das erste Tier angespült wurde. Viele von ihnen trugen Ferngläser um den Hals, damit ihnen auch ja nichts entging. Mir schauderte vor den Menschen, die lediglich hier waren, um ihre Sensationslust zu stillen.

Der Morgen brach sich durch die Nacht. Stimmengewirr war zu hören, mal leise, dann wieder lauter. Ich lief über den harten Sand. Es musste vor Kurzem noch geregnet haben. Mittlerweile fielen Schneeflocken gleichförmig zu Boden. Der Schnee wurde dichter.

Nun schneite es also doch richtig. Allerdings hatte ich mir den Moment irgendwie romantischer vorgestellt. In der jetzigen Situation konnte ich die weiße Pracht nicht so recht genießen. Dabei hatte ich mich so darauf gefreut.

Manchmal passierten die richtigen Dinge zur falschen Zeit, ging es mir durch den Kopf.

Bei diesem Gedanken musste ich zwangsläufig an Ole und seinen Wunsch denken, dass wir Weihnachten erst mit seinen und dann mit meinen Eltern feierten. Vielleicht war es grundsätzlich das Richtige, gemeinsam zu feiern, ich benötigte allerdings noch ein wenig Zeit. Schließlich würden nach diesem ersten Weihnachtsfest auf Föhr hoffentlich viele weitere folgen.

Während ich meinen Gedanken nachhing und immer weiterlief, hörte ich das Handy in meiner Hosentasche erst gar nicht klingeln. Als ich dann darauf aufmerksam wurde, zog ich es eilig heraus und starrte aufs Display.

Ole.

»Gibt es was Neues?«, rief ich in den Hörer.

»Es sieht gut aus. Die Herde zieht weiter. Wir haben es geschafft.«

Tränen der Freude stiegen mir in die Augen, als ich hinaus aufs Meer blickte und zu erahnen versuchte, wo Ole gerade stand, um mir diese frohe Botschaft mitzuteilen.

»Leni? Bist du noch dran?«, fragte er, während ich mit den Tränen rang.

»Ja, ich bin dran und freu mich wahnsinnig, dass die Tiere nicht an Land auflaufen werden. Das ist die beste Nachricht seit Langem.«

Ole lachte.

»Da sagst du was. Wir sind alle sehr erleichtert. Jetzt können wir nur hoffen, dass sie die übrigen Inseln auch nicht interessieren und weiter hinaus ins offene Meer schwimmen. Leni, ich …«

»Ja?«

»Ich sollte dir das mit Weihnachten und deinen und meinen Eltern noch mal in Ruhe erklären. Warum ich lieber erst mit meinen und dann mit deinen Eltern feiern möchte.«

Ole schien auf dem Wasser Zeit zum Nachdenken gehabt zu haben.

»Wir sollten das so machen, dass wir uns beide dabei wohlfühlen«, redete ich ihm gut zu, als ich spürte, wie ihn die Situation mitnahm.

»Ich würde deine Eltern gerne in aller Ruhe kennenlernen. Und ich glaube nicht, dass das bei meiner Mutter möglich ist. Sie ist so …«

»Einnehmend? Dominant? Tonangebend?«, fragte ich.

Ole lachte.

»Oje, ihr seid euch näher gekommen als gedacht. Ich hoffe, es war nicht allzu schlimm.«

Ich schüttelte den Kopf, auch wenn ich mir der Tatsache bewusst war, dass Ole mich nicht sehen konnte.

»Zu mir war sie sehr nett. Ich mag sie. Sie steht zu ihrer Meinung und das ist vollkommen in Ordnung. Die meisten Menschen in unserer Gesellschaft plappern nur das nach, was sie von anderen gehört haben, und bilden sich keine eigene Meinung mehr. Deine Mutter ist echt.«

Ein erleichterter Ausruf war am anderen Ende des Hörers zu vernehmen.

»Danke, dass du mich so nimmst, wie ich bin. Den einfachen Föhrer Bäckerjungen, der seine Insel nie wirklich verlassen hat und irgendwie stolz darauf ist.«

»Das kannst du auch sein, mein Schatz. Ich bin ebenfalls sehr gerne ein Teil dieser Insel. Danke, dass du mich davon überzeugt hast, hierzubleiben.«

Ein Lächeln überzog mein Gesicht, während die Schneeflocken auf meine Wangen fielen.

»Gar nicht mal so schlecht bei uns auf Föhr. Hm? Hier ist immer was los. Und das sogar außerhalb der Saison. Nur das mit den Walen könnten wir uns in Zukunft sparen. Was meinst du?«

Ich lachte.

»Sag das nicht mir, sondern deren Leittieren. Und komm dann schnell wieder zurück zu mir. Meine Füße sind kalt.«

Kapitel 16

»Ich finde es ausgesprochen schön, dass du das *Föhrliebt* am heutigen Nachmittag geschlossen und uns dafür eingeladen hast.«

Meike nahm mich in den Arm und überreichte mir dann ein kleines, in Weihnachtspapier eingeschlagenes Präsent.

»Das ganze Café nur für uns.«

Fritzy strahlte übers ganze Gesicht, während sie mich in den Arm nahm, und gab mir ebenfalls ein Geschenk.

»Hatten wir nicht ausgemacht, dass wir uns nichts schenken wollten?«, fragte ich mit den beiden Geschenken in Händen.

Meike winkte ab.

»Das sind doch nur Kleinigkeiten. Nicht der Rede wert.«

Als ich Fritzys Geschenk öffnete, entdeckte ich dort fünf Weihnachtskarten, die ich selbst einfach nicht zustande gebracht hatte.

»Du bist ein Schatz«, rief ich und nahm sie abermals in die Arme.

»Und was ist mit mir?«, fragte Meike, die nun darauf drängte, dass ich ihr Geschenk ebenfalls öffnete.

Also tat ich ihr den Gefallen, während Ole gerade die Soundanlage anschmiss und uns alle mit einem *Last Christmas* von Wham erfreute.

»Echt jetzt, Ole?«, fragte Fiete, der endlich wieder auf der Insel war.

»Danke auch, Ole. Ich hatte mir schon was darauf eingebildet, in diesem Jahr noch nicht gewhamt worden zu sein.«

Henning grinste, als er Ole seine Hand zum Einschlagen hinhielt.

»Oh, wow! Meike, das ist ja eine wunderschöne Box zum Aufbewahren von Tee. Die gefällt mir unglaublich gut. Vielen, vielen lieben Dank, ihr beiden«, sagte ich und nahm meine Freundinnen in die Arme.

»Und was ist mit uns?«, fragten Henning und Fiete wie aus einem Munde.

»Ach, kommt schon her. Gruppenkuscheln«, sagte ich, und so standen Meike, Fritzy, Henning, Fiete, Ole und ich in einem Kreis.

Einem Kreis der Freundschaft.

»So. Genug der Rührseligkeiten. Wer hat Hunger auf Kuchen und Plätzchen? Wer möchte einen Glühwein oder doch lieber einen Pharisäer?«

Ole hatte sich heute Nacht freigenommen und würde erst morgen wieder arbeiten müssen, sodass wir unser Weihnachtsfest mit Freunden in vollen Zügen genießen konnten.

Inzwischen hatten wir uns darauf geeinigt, dass wir erst mit seinen Eltern und dann mit meinen feiern wollten. Während der Planung kam uns der Gedanke, das Fest der Liebe auch mit unseren Freunden begehen zu wollen. Da jeder von ihnen die Weihnachten mit der Familie feierte, entschieden wir uns, ein paar Tage früher mit ihnen zu treffen.

Heute war Freitag, am Sonntag der Heilige Abend.

»Ich bin für Glühwein zu haben. Schatz, fährst du später dein und mein Fahrrad nach Hause?«

Fiete grinste schelmisch und küsste seine Fritzy.

Die beiden waren ein so traumhaft schönes Paar. Wenn ich sie so miteinander sah, dann war ich mir sicher, dass Fiete ihr definitiv nicht auf dem Festland fremdgegangen war. Auch Fritzy schien diesen Gedanken bereits wieder verworfen zu haben.

»Ich übernachte bei Meike«, erklärte Fritzy und nahm sie dabei in den Arm.

»Unser Gästezimmer steht euch jederzeit zur Verfügung«, meinte Meike.

»Sag das nicht zu laut, Meike. Fritzy liebt euer altes Kapitänshaus nämlich«, erwiderte Fiete augenzwinkernd.

»Ach du …«

»Na, ist alles so, wie du es dir vorgestellt hast?«, fragte Ole, während er von hinten seine Arme um mich legte.

»Ich mag die Truppe. Und ja, es ist alles wunderbar. Danke für deine Hilfe.«

Ole löste seine Umarmung, sodass ich mich zu ihm umdrehen und ihm einen Kuss geben konnte.

Wham wurde von den Rat Packs abgelöst, die *Baby It's Cold Outside* für uns sangen.

Draußen hatte das Schneetreiben seit der Pottwalrettung vor der Küste nicht mehr nachgelassen. Ganz Nieblum und bestimmt auch der Rest der Insel war weiß gezuckert. Und ich liebte es sehr.

Weihnachten stand vor der Tür und langsam, aber sicher kam ich in Stimmung. Gestern Abend hatten Ole und ich den ersten Weihnachtsfilm geschaut. *Kevin allein in New York*. Ein Klassiker, den ich nicht oft genug sehen konnte.

»Der Glühwein ist richtig gut«, merkte Meike an und hob dabei ihr Glas.

»Ich habe ihn selbst gemacht«, erklärte ich ihr, während Ole mit den Jungs an der Theke stand und über Fußball diskutierte.

Und das, obwohl die Bundesliga sich aktuell in der Winterpause befand. Männer!

»Habt ihr nun bis ins neue Jahr Urlaub?«, fragte ich meine Freundinnen, als mir auffiel, dass wir bislang noch nicht darüber gesprochen hatten.

»Ich werde bis zum zweiten Januar daheim sein«, erklärte Meike.

»Fiete und ich fahren am Sonntag zu meinen Eltern nach München. Danach setzen wir uns in den Flieger und liegen für zwei Wochen in der Karibik am Strand«, schwärmte Fritzy und machte damit sowohl Meike als auch mich ziemlich neidisch.

»Wir machen es uns dafür in der friesischen Karibik schön, okay, Leni?«, fragte sie mich.

»Na, aber sicher doch. Wir bauen Schneemänner, gehen Schlittenfahren, machen Schneeengel und unternehmen Schneewanderungen. Das wird richtig toll.«

Fritzy streckte uns zur Antwort die Zunge raus.

Meike und ich lachten.

Die Stimmung war ausgelassen. Und das lag nicht nur am leckeren Glühwein. Henning, Ole und Fiete verstanden sich so gut, dass man fast glauben konnte, die drei würden sich seit ihrer Kindheit kennen.

Überhaupt war ich sehr glücklich darüber, wie das Jahr verlaufen war. Noch im Januar schaute ich auf eine zerbrochene Liebe zurück, die mich an der Männerwelt hatte zweifeln lassen. Schon im Sommer war ich Ole begegnet, der mich vom Gegenteil überzeugen konnte.

Und nun, im Winter, blickte ich nicht nur auf wundervolle Freunde, eine funktionierende und stabile Beziehung, sondern auch auf mein eigenes Café hier auf Föhr.

Die Leute rannten mir nach wie vor die Bude ein. Wenn mir das jemand im Sommer gesagt hätte, hätte ich ihn einen Lügner geschimpft.

Prompt klopfte es an der Tür.

»Geschlossene Gesellschaft«, rief ich so laut, dass man mich draußen gut hören musste.

Aber das Klopfen ließ nicht nach. Wenn überhaupt, wurde es noch eine Spur eindringlicher.

»Ich geh mal schauen, was da los ist.«

Dankbar dafür, dass Ole sich der Sache annahm, trank ich einen weiteren Schluck aus meinem Becher.

Die warme Flüssigkeit rann mir die Kehle hinunter und erfüllte mich. Leise summte ich den Rat-Pack-Klassiker

Have Yourself A Merry Little Christmas mit und wiegte mich ein wenig dazu. Die Leichtigkeit, die mir plötzlich anhaftete, war neu, fühlte sich allerdings hervorragend an.

So wollte ich im nächsten Jahr weitermachen: voller Zuversicht, Dankbarkeit und dem Willen, den Dingen, die mir zusetzten, nachzugehen, bevor die Zweifel mich von innen auffressen konnten.

Ole öffnete die Tür und unterhielt sich mit jemandem, den ich nicht sehen konnte. Bestimmt erklärte er gerade, dass wir hier eine kleine private Party feierten.

Mist, ich hatte die Chips vergessen!

Während Meike und Fritzy über die Planung ihrer Sommerurlaube sprachen, ging ich an die Theke und holte die Chipstüten, die ich extra noch besorgt hatte. Dann öffnete ich die restlichen Plätzchendosen und schnappte die Bratapfeltorte, die ich für den heutigen Anlass gebacken hatte.

Voll bepackt mit all den tollen Sachen eilte ich zum Tisch zurück, an dem wir es uns gemütlich gemacht hatten. Henning und Fiete hatten sich in der Zwischenzeit auch dort hingesetzt.

Dankenswerterweise nahm ich zur Kenntnis, dass es jetzt nicht mehr um Fußball ging. Dafür schienen sie sich uneinig darüber zu sein, was die nächste Saison auf Föhr bringen würde.

Während der Pandemie waren viele Menschen das erste Mal auf die Insel gekommen, die zuvor lieber in den Flieger gestiegen waren, um ihren Urlaub am anderen Ende der Welt zu verbringen.

Als dies nicht mehr möglich war, besann man sich auf das, was man hatte: nämlich die Heimat. Aber würden diese Leute nun, da sie wieder überallhin fliegen und fahren konnten, noch Urlaub an der Nord- und Ostsee machen?

Ein schwieriges Thema, das mir etwas von meiner Leichtigkeit nahm. Doch ich würde mich von diesen Prognosen nicht runterziehen lassen. Sollte es im Sommer Einbußen für mein Café geben, dann war das nun mal so. Ich würde weder heute noch während der Saison etwas daran ändern können.

Denn der Mensch entschied selbst, wo er die schönste Zeit des Jahres verbringen wollte. Und wenn ihm dabei die Mittelmeerregion rund um Frankreich und Italien lieber war als die friesische Karibik, dann konnten wir daran auch nichts ändern.

»Nein, Frau Kramer, Leony ist nicht bei uns aufgetaucht.« Ole redete nun etwas lauter.

Frau Kramer hörte nicht mehr so gut. Vor allem dann nicht, wenn sie ihr Hörgerät ausgestöpselt hatte. Was sie allzu oft machte, weil sie zu Hause ohnehin niemanden hatte, mit dem sie reden konnte.

Eilig schritt ich zu den beiden an die Tür.

»Was ist denn passiert?«, fragte ich besorgt nach.

Frau Kramer schien außer sich.

»Leony. Sie ist weg. Und ich weiß nicht, wohin. Sie holt sich bei der Kälte noch den Tod, wenn sie der Wind nicht schon längst in die Nordsee geweht hat. An der Kleinen ist doch kaum was dran«, jammerte sie.

Erst jetzt erkannte ich die nassen Wangen. Frau Kramer schien äußerst besorgt um ihre Ziege und damit um den einzigen Gesprächspartner zu sein, den sie hatte.

»Wir gehen sie suchen«, sagte ich und streifte mir sogleich den roten Mantel über, der neben der Tür an der Garderobe hing.

»Hey, willst du etwa deine eigene Party verlassen, Leni? Das macht man nicht«, ereiferte Fiete sich, mich zu belehren, und lachte.

»Leony ist weg«, erklärte ich ihm.

»Die Ziege?«, fragte Meike und sprang dabei von ihrem Stuhl auf.

Fritzy folgte ihr auf dem Fuße.

»Wartet!«, riefen Fiete und Henning, die ebenfalls im nächsten Moment zu ihren Mänteln griffen.

Frau Kramer sah uns reihum an, als wir bei ihr vor dem *Föhrliebt* standen. Tränen schimmerten in ihren Augen.

»Aber ich wollte doch nicht, dass ihr wegen mir eure Feier beendet.«

Man konnte ihr ansehen, dass ihr die Situation unangenehm war.

»Ach was! So ein kleiner Spaziergang durch den Schnee hat doch etwas für sich. Und feiern können wir danach noch immer«, sagte Ole und gewann damit mein Herz für jetzt und alle Zeiten.

Er wusste, wie wichtig das Tier für die alte Frau Kramer war. Und er wusste auch, wie sehr ich die kleine Ziege mochte, die erst vor Kurzem bei mir im Café gestanden und den Adventskranz angeknabbert hatte.

»Wo könnte sie hin sein?«, fragte Henning, der das Ganze offenbar strategisch angehen wollte.

Doch Frau Kramer schüttelte den Kopf.

»Ich habe keine Ahnung, wo Leony ist. Für gewöhnlich läuft sie nie weit weg. Allerhöchstens bis hierher in Lenis Café. Aber da ist sie nicht.«

Ihre Bekümmerung darüber war ihr deutlich anzusehen.

»Keine Sorge, Frau Kramer. Wir finden Leony. Ganz sicher sogar«, versuchte Meike die alte Dame zu ermutigen.

Wie ein Häufchen Elend stand sie vor uns und knetete sich dabei verlegen die Hände.

»Wir teilen uns am besten auf. Henning und Meike, ihr sucht am Strand. Ole und Leni, ihr sucht in Richtung Friedhof. Und Fritzy und ich nehmen uns das Gebiet rund um die Bäckerei Hansen vor«, schlug Fiete vor.

»Und was soll ich in der Zeit machen?«

Frau Kramer sah ihn erwartungsvoll an.

»Sie gehen am besten nach Hause. Vielleicht kommt Leony von allein zurück. Dann wäre es gut, wenn sie jemand in Empfang nimmt. Legen Sie ihr ein paar Leckerbissen in den Stall und lassen Sie ihn unbedingt offen.«

»Ja, das ist eine gute Idee. Ich gehe gleich zurück. Leni, deine Nummer habe ich ja, für den Fall, dass Leony wieder bei mir auftaucht. Dann gebe ich Entwarnung«, sagte sie und war schon auf dem Weg zu ihrem Haus.

»Arme Frau Kramer«, sagte ich leise.

Ich wollte nicht, dass sie mich womöglich doch hörte.

»Wir werden Leony bestimmt finden. Das hier ist eine Insel. Sie kann nicht weit sein«, machte Fritzy mir Mut und strich mir dabei einfühlsam über den Arm.

»Dann lasst uns mal losgehen!«, sagte ich.

Wie Schneeflocken, die vom Wind durch die Luft gewirbelt werden, gingen wir in unterschiedlichen Richtungen auseinander.

Als wir am Friedhof ankamen, musste ich wieder an Silke denken, wie sie mir vom glücklichen Matthias erzählt hatte. Sein Stein stand zwar in Süderende und nicht in Nieblum, wobei auch hier viele der sprechenden Steine zu finden waren, die über das Leben aus einer anderen Zeit berichteten. Der Ort hatte durchaus etwas Magisches an sich.

Drüben in der Kirche fanden unsere Chorproben statt. Allerdings ging ich nicht davon aus, dass Leony sich dort Zugang verschaffen konnte. Sie war zwar schlau, aber das Kirchenportal war eindeutig zu schwer, als dass sie es hätte öffnen können.

Ole hatte von zu Hause noch schnell zwei Taschenlampen geholt, das machte die Suche ein wenig leichter. Die Lichtkegel flogen über den schneebedeckten Boden. Leider waren dort keine Spuren zu entdecken. Auch Leony fing er nicht plötzlich ein.

»Hier ist sie nicht«, stellte Ole nach einer Weile resigniert fest.

»Was machen wir denn jetzt?«

Ole zuckte mit den Achseln, dann zog er sein Handy aus der Hosentasche.

»Bei mir hat sich bislang keiner gemeldet. Und bei dir?«

Ich schüttelte den Kopf.

»Wo könnte Leony denn noch sein? Ich meine, sie ist …«

Dann stockte ich mitten im Satz. Könnte es womöglich sein, dass …?

»Oh, Ole! Ich habe eine Idee, wo sie sein könnte.«

Schon spurtete ich los.

»Warte, Leni!«, rief er mir noch nach.

Aber ich wollte nicht stehen bleiben. Nicht so kurz vor dem vermeintlichen Ziel.

»Wo rennen wir überhaupt hin?«, fragte Ole, nachdem er mich endlich eingeholt hat.

»Das siehst du gleich«, entgegnete ich und setzte meinen Weg dabei unbeirrt fort.

Ole schnaufte hörbar aus. Ab dem Frühjahr sollten wir beide ein wenig mehr Sport treiben. Das konnte nicht schaden. Und man konnte es gemeinsam tun.

Es war nie zu früh, sich Gedanken über die Vorsätze für das kommende Jahr zu machen. Was dann letztlich daraus wurde, würde die Zeit zeigen. Nun hieß es jedoch, eine Ziege auf Abwegen nach Hause zu bringen.

»Ich habe Seitenstechen«, jammerte Ole kurz vor dem Ziel.

Zur Antwort nahm ich ihn bei der Hand.

Gemeinsam liefen wir schließlich ins Alte Landhaus Föhr, einem Restaurant mit gutbürgerlicher Küche, vor dem der größte Weihnachtsbaum Nieblums stand.

»Sieh nur!«

Mit meinem Finger zeigte ich auf die rechte Seite des Baumes. Die Zweige bogen sich im Wind. Dabei war es zur Abwechslung mal windstill. Es musste einen anderen

Grund dafür geben. Und wenn mich nicht alles täuschte, dann war es ein tierischer.

Ich bedeutete Ole, sich von der einen Seite zu nähern, während ich die andere Seite übernahm. Leise tasteten wir uns durch den Schnee voran, aus der Richtung des geschmückten und beleuchteten Weihnachtsbaums war ein Rascheln zu hören.

Als wir den Baum fast umrundet hatten und uns wieder sehen konnten, erblickten wir Leony, die ihren kleinen Snack in vollen Zügen genoss und dabei gar keine Notiz von uns nahm.

Ich hob meine rechte Hand in die Höhe. Erst waren drei Finger ausgestreckt, dann zwei und nur noch einer. Als ich die Hand wieder herunternahm, stürzten wir uns beide gleichzeitig auf Leony und umschlossen sie schließlich.

Die Ziege, die uns beide kannte, sah erst zu mir und dann zu Ole, ehe sie ihr Festmahl weiter fortsetzte. Sie schien sich durch nichts und niemanden aus der Ruhe bringen zu lassen.

»Leony, was machst du nur für Sachen?«, fragte ich sie, während Ole von ihr abließ und die anderen benachrichtigte, dass wir das Tier gefunden hatten.

Fritzy und Fiete, die in der Nähe von Frau Kramers Haus waren, versprachen, direkt bei ihr vorbeizugehen und ihr die frohe Kunde zu überbringen.

»Das nenne ich mal eine gelungene Weihnachtsgeschichtenadaption«, hörte ich Ole sagen.

»Hm? Wie meinst du das?«, hakte ich nach.

»Na, haben die Heiligen Drei Könige nicht auch jemanden gesucht?«, fragte er grinsend.

Ich schüttelte den Kopf und lachte.

»Das war das Jesus-Kind, Schatz. Und die kamen erst viel später.«

Ole zuckte abermals mit den Schultern.

»Da kann ich doch nichts dafür, dass die so spät dran waren.«

Ich lachte noch immer.

»Lass uns zu Frau Kramer gehen. Mir wird kalt«, sagte ich und erhob mich aus dem Schnee, auf dem ich mich niedergekniet hatte, um Leony besser halten zu können.

Die machte unterdessen keinerlei Anstalten, weglaufen zu wollen. Warum auch? Schließlich war sie hier im Tannenzweigparadies.

Wenig später trafen wir mitsamt der Ziege im Schlepptau bei Frau Kramer ein. Ihre Augen waren voller Tränen, als sie Leony erblickte und in die Arme schloss.

»Vielen, vielen Dank, ihr Lieben. Ich weiß gar nicht, was ich sagen soll. Das ist das größte Weihnachtsgeschenk, das ihr mir machen konntet.«

Überglücklich drückte Frau Kramer das Tier an sich, das sich nur überreden ließ, mit uns mitzugehen, weil wir einen Zweig abgebrochen und mitgenommen hatten.

Der Weihnachtsbaum vor dem Alten Landhaus Föhr sah nun ein wenig zerfleddert aus. Allerdings hatte sich Leony zum Glück am hinteren, dem Haus zugewandten Teil des Baumes gelabt. Das würde nicht weiter auffallen.

Nachdem Frau Kramer Leony in den Stall gebracht und diesen abgeschlossen hatte, ging sie ins Haus. Der Tag hatte sie schrecklich angestrengt. Sie würde sich hinlegen und von den Strapazen erholen.

Wir sechs hingegen gingen zurück zum *Föhrliebt*, um da weiterzumachen, wo wir vor der Rettungsaktion der Ziege aufgehört hatten.

Die Nacht war ruhig. Der Schnee schien jeden unserer Schritte zu verschlucken, während weitere Flocken vom Himmel fielen. Ole nahm mich fest in den Arm. Ich fühlte mich geborgen und angekommen. Ein Gefühl, das ich nicht mal in meiner Heimat München verspürt hatte.

Es war der Mensch, an dessen Seite man sein Leben verbrachte, der einem zeigte, was Heimat bedeutete. Heimat war ein Gefühl. Kein Ort. Das wurde mir nun bewusst.

Fritzy, Meike, Henning und Fiete gingen bereits ins Café, während Ole mich noch kurz zurückhielt.

»Leni, ich weiß, dass wir in den vergangenen Wochen viel mit dem Alltag zu kämpfen hatten. Ich hoffe, das nächste Jahr wird etwas ruhiger. Aber eines musst du noch wissen.«

»Ja?«, hakte ich nach, als er keine Anstalten machte, weiterzusprechen.

»Du bist das Beste, was mir in diesem Jahr passiert ist. Auch wenn du mich dabei fast über den Haufen gefahren hättest.«

»Also, das kann man so nicht …«, hob ich an, doch Ole unterbrach mich mitten im Satz.

»Ich liebe dich, Leni. Und ich bin froh darüber, dass du so unverhofft in mein Leben getreten bist. Du sollst wissen, dass ich mir keinen einzigen Tag mehr ohne dich vorstellen kann, und deshalb … möchte ich dich fragen …«

Plötzlich kniete er sich vor mir in den Schnee und zog eine quadratische, dunkle Schachtel aus seiner Jacke.

Als er die Schatulle öffnete, blitzte mir ein goldener Ring entgegen.

»Willst du meine Frau werden?«

»Ja«, erwiderte ich atemlos, ohne eine Sekunde zu zögern, während mir die Tränen übers Gesicht liefen und ich kaum glauben konnte, was soeben passiert war.

Ole streifte mir den Ring über den Finger, als wäre das nur die logische Konsequenz unserer Liebe. Ich bereute inzwischen inständig, dass ich auch nur den Hauch eines Zweifels verspürt hatte.

»Kommt ihr wieder rein? Die Party ist ohne euch nicht halb so schön«, rief Meike und blieb dann mit weit aufgerissenen Augen vor der Tür stehen.

»Was ist los?«, fragte Fritzy und stürmte sogleich aus dem Café, als ich meine Hand mit dem goldenen Ring daran in die Höhe streckte.

»Nein, oder? Ole, hast du … O mein Gott! Wie wundervoll. Wir feiern im nächsten Jahr wieder Hochzeit. Fiete, Henning, kommt schnell raus.«

»Das nenn ich mal den typischen Föhrer Weihnachtszauber«, sagte Käthe neben mir.

Keine Ahnung, woher sie so plötzlich gekommen war. Nicht einmal ihre Krücken hatte ich gehört. Aber vermutlich hatte der Schnee das Geräusch gedämpft.

»Föhrer Weihnachtszauber?«, wiederholte ich.

Sie nickte.

»So, wie es den Chorleiterfluch gibt, gibt es auch den Föhrer Weihnachtszauber. Ich dachte ja schon, er wäre in diesem Jahr mit der Rettung der Pottwale abgegolten. Offenbar habe ich mich da getäuscht.«

»Und der Ziege«, merkte Meike an.

»Ziege?«, fragte Käthe irritiert.

»Von Frau Kramer. Nicht weiter wichtig«, erklärte Fritzy und hob dabei abwehrend ihre Hand in die Höhe.

»So oder so, ich bin sehr froh darüber, dass Ole unsere Chorleiterin zum Bleiben verführt«, grinste Käthe.

»Sekt für alle«, rief Fiete und stürmte zurück ins Café.

Fritzy und Meike nahmen mich nacheinander in den Arm.

»All die bangen Stunden in den letzten Wochen … vollkommen überflüssig«, fasste Fritzy mein Dilemma zusammen.

»Zum Glück«, erwiderte Meike.

Lachend lagen wir uns in den Armen, während Fiete nach Sektgläsern suchte und Henning den Sekt entkorkte.

Ole reichte mir die Hand, um mit ihm gemeinsam ins *Föhrliebt* zu gehen. Mein Herz war voller Liebe für meinen Verlobten, meine Freunde und diese Insel.

Was auch immer mir das neue Jahr bescherte, ich würde mich der Herausforderung stellen, solange ich diese Menschen an meiner Seite wusste. Da war ich mir ganz sicher.

Eine besinnliche Weihnachtszeit euch allen! Und einen guten Rutsch ins neue Jahr! Vielleicht sehen wir uns ja auf Föhr. Ich würde mich sehr darüber freuen. Eure Leni!

ENDE

Danksagung

Liebe Leserinnen und Leser,

vielen lieben DANK für das Interesse an meinen Büchern.

Es hat mir außerordentlich viel Spaß gemacht, die Geschichte über Leni & Ole zu Papier zu bringen und mit den beiden auf die wunderschöne Nordseeinsel Föhr zu reisen. Zumindest gedanklich ;-) Wenn ich es ebenso geschafft habe, euch mit meiner Geschichte ein paar schöne Lesestunden zu bereiten, dann bin ich sehr glücklich darüber.

Bedanken möchte ich mich an dieser Stelle ganz herzlich bei meinen engagierten und wunderbaren Testleserinnen. DANKE für eure ehrlichen Worte, eure Begeisterung und euer Mitfiebern. Ohne euch wäre das Ganze nur halb so schön. Vielen lieben DANK, dass ihr den Weg mit mir gegangen seid! Ich freue mich bereits heute über euer Feedback zum nächsten Buch.

Liebe Anne, ein ganz besonderer Motivationsschub in diesem Buch war die Freude, die dir die Geschichte bereitet hat. DANKE hierfür.

Vielen DANK, liebe Sybille, dass du mein Manuskript mit so viel Sorgfalt korrigiert hast.

Vielen DANK an meine Leser und Leserinnen, dass ihr mit mir in die Geschichte von Leni & Ole abgetaucht seid.

Eure Nele

Außerdem freue ich mich sehr auf regen Austausch mit euch:

http://www.milasummers.com/
E-Mail: mila.summers@outlook.de
facebook: Mila Summers
Instagram: books_by_mila_summers

PS: Wenn euch meine Geschichte gefallen hat, würdet ihr mir unglaublich helfen, wenn ihr eine Rezension auf dem Buchportal eurer Wahl schreiben würdet. Dann bekommen vielleicht noch weitere Leser und Leserinnen die Möglichkeit, meine Geschichten kennenzulernen.

Die Autorin

Hinter Nele Blohm steht die erfolgreiche Bestsellerautorin und Selfpublisherin Mila Summers. Sie wurde 1984 in Würzburg geboren. Als Kulturwissenschaftlerin arbeitete sie lange für eine Onlinedruckerei, bevor sie in der Elternzeit zum Schreiben fand, dem sie sich nun ganz widmet. Sie liebt das Meer und Liebesgeschichten mit Happy End, die uns an wunderschöne Orte entführen. Mit Mann, Kindern und ihrem übermütigen Jack Russell Lizzy lebt sie in ihrer Heimatstadt.

NELE BLOHM
ALLES AUF SOMMER
STRAND
LIEBE
HOTEL
NORDSEE ROMAN

NELE BLOHM
DIE LIEBE WILL MEER
MEER
LIEBE
HOTEL
STRAND
NORDSEE ROMAN

NELE BLOHM
WEIHNACHTSZAUBER AUF FÖHR
MEER
LIEBE
HOTEL
NORDSEEROMAN

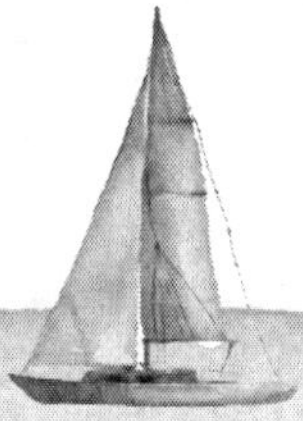

Ein herzerwärmender Roman mit Humor und Meeresrauschen

Nordsee-Liebesroman

ISBN: 978-3947738328

www.kampenwand-verlag.de